ÉRIC VERHAEGHE

SÉCESSION

MANUEL D'AUTO-DÉFENSE CONTRE LA CASTE

CULTURE &RACINES

CULTURE &RACINES
POUR UN NOUVEAU PARADIGME

www.cultureetracines.com
Directeur éditorial : Antony Bonamy
Couverture : Eddy Nicolle
Mise en page : Certamen

Achevé d'imprimer en août 2022 dans l'Union européenne
Dépôt légal : septembre 2022

ISBN : 978-2-491861-34-6
20 Euros - Prix valable en France

Éric Verhaeghe, 53 ans, est ancien élève de l'ENA. Il a quitté l'administration en 2007 pour exercer diverses fonctions patronales. Il a créé plusieurs entreprises, dont Tripalio, spécialisée dans le droit des conventions collectives. Il assume ses prises de position libertariennes et anime « *Le Courrier des Stratèges* » et l'association « *Rester Libre !* ». Il s'est notamment fait connaître en 2021 pour son combat contre la tyrannie sanitaire et ses dérives liberticides suite à la crise de la pandémie de COVID-19.

ÉRIC VERHAEGHE

SÉCESSION

MANUEL D'AUTO-DÉFENSE CONTRE LA CASTE

CULTURE & RACINES

Du même auteur :

Jusqu'ici, tout va bien ! « Énarque, membre du Medef, président de l'Apec, je jette l'éponge ! »
Éditions Jacob Duvernet (janvier 2011)
ISBN : 978-2847243345

Au cœur du Medef
Éditions Jacob Duvernet (septembre 2011)
ISBN : 978-2847243574

Faut-il quitter la France ?
Le premier essai sur la démocratie liquide
Éditions Jacob Duvernet (mars 2012)
ISBN : 978-2847243956

Ne t'aide pas et l'État t'aidera : La Sécurité sociale et la mort de la responsabilité
Éditions du Rocher (janvier 2016)
ISBN : 978-2268082028

Le Great Reset, mythes et réalités
(suivi du dictionnaire critique du Great Reset)
Culture et Racines (avril 2021)
ISBN : 978-2-491861-19-3

SOMMAIRE

INTRODUCTION : POURQUOI FAIRE SÉCESSION

Depuis de nombreuses années, la question de la sécession se pose à tous ceux qui ont un doute sur la capacité de notre modèle de développement économique à durer.

Certaines images très symboliques ont frappé les esprits sur les risques que nous courons en misant sur un système de consommation à outrance, qui suppose toujours plus de transformation d'énergie fossile et toujours plus de recours aux ressources de la planète, de manière pour ainsi dire insatiable.

Quelle que soit notre perception des grands thèmes écologiques contemporains, dont la question du réchauffement climatique, quelles que soient nos certitudes ou nos doutes sur le sujet, il est évident que la cupidité des sociétés développées a atteint des proportions déraisonnables.

En France, tout le monde se souvient avoir vu les images des échauffourées lorsque des supermarchés ont proposé des pots de pâte à tartiner à des prix défiant la concurrence. Des masses se sont formées pour profiter de l'aubaine et se sont pour ainsi dire entretuées pour acheter ce produit dont la qualité nutritionnelle est pourtant très discutable.

Les esprits habiles s'interrogent forcément sur le destin possible d'une société où la puissance du marketing et l'exaltation des biens matériels peuvent déclencher des phénomènes incontrôlables de ce genre.

La vérité est que notre société est droguée à la consommation, droguée et dépendante au quotidien de sa capacité à acheter des biens de toutes sortes.

Ce lien de dépendance suppose que le fonctionnement normal de nos économies garantisse absolument un accès permanent à des biens matériels. Il ne s'agit pas seulement de nourriture pour vivre, mais aussi de friandises, et de téléphones portables, d'ordinateurs, d'automobiles, et de toute une série de gadgets à l'utilité douteuse. On inclura dans cette énumération rapide les postes de télévision et autres moyens de recevoir de « l'information », qui permettent d'occuper les soirées du petit peuple en lui évitant de se poser trop de question sur le sens des choses.

Pourquoi cette dépendance est dangereuse ?

Intuitivement, nous comprenons tous les risques de notre addiction à une surconsommation anarchique. Mais la crise du COVID a montré combien elle constituait un important point de fragilité pour la « civilisation » elle-même (si tant est que la société de surconsommation puisse prétendre au titre de civilisation).

Dès que l'épidémie a éclaté en Chine, la question des chaînes d'approvisionnement et de leur solidité s'est posée.

D'abord, de nombreux travailleurs indispensables au bon fonctionnement de cette chaîne ont menacé de faire défaut à cause de la maladie elle-même, ou des mesures de confinement prises pour éviter sa propagation. Dans la pratique, les gouvernements ont dû, sauf à mettre toute l'économie en péril, autoriser les acteurs de la logistique, ceux qu'on a souvent appelé les premiers de corvée, à travailler malgré l'épidémie.

C'était cela ou l'apparition de la famine, avec des rayons de magasin vides et l'introduction de tickets de rationnement, comme au temps tragique de l'Occupation...

Ce risque de pénurie, voire de crise alimentaire majeure dans certaines parties du monde, n'a fait que s'accentuer avec la guerre en Ukraine et les embargos imposés par les Occidentaux sur les productions russes. Désormais, c'est le grenier à céréales de la planète qui est touché et désorganisé par un conflit militaire. Le minage des ports maritimes par l'armée ukrainienne n'a fait qu'aggraver le phénomène, le président Zelensky ayant parfaitement compris que son meilleur levier pour convaincre les Européens de l'aider consistait à les priver de blé.

Les différentes mesures de relance économique adoptées sur ces entrefaites ont curieusement dopé l'appétit de consommation. La fameuse «*helicopter money*», prônée par la théorie monétaire moderne et par le *Great Reset* de Klaus Schwab, a embouteillé les ports américains dès que Joe Biden a décidé d'envoyer à chaque Américain ou presque un chèque de 2000 $. Les Américains eux-mêmes ont découvert que leur «système» n'était pas capable d'absorber de façon fluide un surcroît brutal de consommation.

Les raisons de cette faiblesse sont bien connues. Depuis plusieurs décennies, la division internationale du travail obéit à la logique du «juste à temps» qui consiste à ne produire que ce qui est commandé, et supprime donc la phase de stockage. La chaîne logistique est calquée sur ce fonctionnement dans l'immédiateté. Elle ne dispose d'aucune forme d'épaisseur.

Autrement dit, les ports maritimes, qui accueillent les produits fabriqués en Chine ou, plus généralement en Asie, sont équipés pour recevoir une quantité limitée de marchandises : celle qui suffit à la consommation immédiate. Toute augmentation brutale déséquilibre l'ensemble de la chaîne et crée des pénuries.

Pourquoi les pénuries vont augmenter

L'épidémie de COVID a fait comprendre à de nombreux Occidentaux combien la désindustrialisation au profit de la Chine les mettait en position de faiblesse.

Mais le mal est beaucoup plus profond qu'un simple dysfonctionnement dû à une épidémie, et il devrait non seulement durer, mais empirer.

L'apparition de pénuries ne fera que croître dans les années à venir, car les normes environnementales réclamées par les écologistes pour sauver la planète limitent les capacités de production. C'est tout particulièrement vrai en Chine, où l'objectif de réduire les émissions de gaz à effets de serre impose de sévères restrictions.

Peu d'Occidentaux ont pris conscience de ces problèmes, qui vont pourtant durer et percuter directement leur mode de vie. C'est l'inconséquence du monde selon Greta Thunberg. D'un côté, on répète à l'envi qu'il faut sauver la planète en réduisant les causes (prétendues) du réchauffement climatique. D'un autre côté, on consomme à tire-larigot sans prendre conscience que cette surconsommation repose sur une production massive de gaz à effets de serre.

La Chine est évidemment au cœur de cette problématique et de ce risque, puisque, depuis une trentaine d'années, l'Occident a décidé de lui déléguer la fonction de produire les biens manufacturés que nous ne voulons plus assumer sur notre sol. Ce choix stratégique désastreux, porté par la caste mondialisée qui l'a abusivement dénommé « libre-échange » (la Chine n'ayant pas ouvert ses frontières à ses partenaires, on ne peut en effet considérer que le système du commerce mondial relève du libre-échange), explique que la Chine représente environ 50 % des émissions mondiales de gaz à effet de serre.

Pour obéir aux traités qu'elle a signés, la Chine a lancé, dans la douleur, un marché interne du permis de polluer, qui oblige ses entreprises à réduire leurs émissions de gaz. Cette discipline énergétique passe par une utilisation plus parcimonieuse des centrales à charbon qui sont très polluantes, mais qui fournissent une part importante de l'électricité du pays (60 % environ). Durant l'automne 2021, l'introduction de ces mesures a obligé le gouvernement chinois à faire des sacrifices. Pour éviter des coupures d'électricité chez les particuliers, il a fallu couper l'électricité dans certaines usines.

C'est pour cette raison que les pénuries sont apparues. Par voie de conséquence à la suite de cette limitation dans la production d'électricité, les entreprises transnationales n'ont pas pu honorer toutes leurs commandes. Il a fallu fabriquer moins d'automobiles ou de téléphone portable faute d'obtenir les composants fabriqués en Chine en nombre suffisant.

On le voit, les normes environnementales édictées pour sauver la planète mettent directement notre modèle de surconsommation en péril. Plus nous réduirons les gaz à effets de serre, plus nous devrons renoncer à consommer autant, faute d'énergie suffisante pour pouvoir produire autant qu'avant.

Vers les pénuries alimentaires

Beaucoup se réjouissent de cette décroissance forcée, tant qu'elle atteint des biens relativement superflus et jugés symboliques d'un capitalisme dépravé.

Il devrait en être autrement lorsque cette décroissance va toucher les denrées alimentaires et provoquer des situations de rationnement, voire de famine, y compris dans les pays occidentaux.

Pour l'instant, cette hypothèse paraît farfelue à l'immense majorité de la population, mais plusieurs signes avant-coureurs montrent qu'elle est hautement probable.

Par exemple, durant l'automne 2021, les réductions dans la production mondiale de gaz ont rendu beaucoup plus compliquée la production d'engrais azotés, élément indispensable pour garantir la productivité agricole. Les engrais azotés sont notamment utilisés pour la production de blé. Leur renchérissement durable obligera tôt ou tard les agriculteurs à moins les utiliser, donc à diminuer la production agricole globale.

Un autre effet du changement climatique tient aux plus grandes variations de température. Là encore, en 2021, la sécheresse au Canada et les pluies diluviennes en Europe ont eu un impact important sur la production de blé dur. La baisse de la production entraîne forcément une baisse de la production de pâtes alimentaires, et la hausse de leur prix.

On peut penser que la planète a dépassé un optimum climatique ces dernières années, à l'instar de l'Empire romain au IIe siècle de notre ère. Dans les années à venir, il faudra en tenir compte durablement, notamment parce que la production mondiale diminuera structurellement et les prix alimentaires augmenteront structurellement.

Ces déséquilibres ont déjà montré leur impact géostratégique. Par exemple, en 2021, l'augmentation du prix du blé a obligé la Russie à protéger sa population en limitant ses exportations. Ces choix condamnent les pays en situation de dépendance agricole à des rationnements, dont l'ampleur pourrait très bien augmenter dans la durée.

La question sensible de l'Agenda du Chaos

Lorsque des structures multilatérales comme les « COP » ont commencé à se réunir régulièrement pour évoquer les mesures nécessaires au refroidissement de la planète, nous n'avions pas encore compris que se dessinait un Agenda du Chaos qui visait à mettre en scène, au fil du temps, une série de crises sidérantes grâce auxquelles la caste impose des règles toujours plus liberticides.

Dans cet agenda du chaos, la caste mondialisée décline consciencieusement une trame dont l'objectif qui se dévoile est la partition du monde en deux sphères distinctes. L'une de ces deux sphères regrouperait la Chine et la Russie, avec leur espace d'influence. L'autre sphère regrouperait l'Occident. Pour accélérer cette bipolarisation, une accumulation de crises est au programme, de toutes natures : diplomatiques, sanitaires, militaires.

Ce jeu dangereux, qui conduira au deuil d'une organisation totalement mondialisée de la planète et fera émerger un nouvel ordre où l'Europe sera définitivement la vassale (appauvrie et obéissante) des États-Unis, accroît fortement le risque de pénurie. Dès lors que la Chine et la Russie sont des puissances indispensables à notre approvisionnement tant agricole qu'industriel, l'impact de la réorganisation internationale voulue par le *Deep State* américain sera puissant, profond, douloureux.

Les conséquences sociales des pénuries

Il ne faut pas être grand clerc pour comprendre l'issue de la pente sur laquelle nous nous sommes engagés. Progressivement, il faudra moins consommer, et les prix des denrées alimentaires vont augmenter, parfois de façon chaotique.

Cette tendance signifie que nous sommes exposés à des risques d'explosion sociale grave.

Cette conviction est au cœur de théories comme le survivalisme, qui se fonde sur la préparation constante du Grand Collapse de l'Occident.

Nous n'entrerons pas ici dans le détail de ces théories. Mais leur inspiration est assez simple à saisir intuitivement : tôt ou tard, nous vivrons un retournement dans notre modèle de développement. Ce retournement passera sans doute par un moment brutal où des groupes affamés useront de violence pour se nourrir.

L'arrivée du COVID nous en a donné un avant-goût, mais un avant-goût seulement. Pendant quelques jours ou quelques semaines, l'activité s'arrête. Le modèle occidental est suspendu. Dans le cas du COVID, les stocks alimentaires ont suffi à éviter le pire.

C'est à un tout autre effondrement que les collapsologues et les survivalistes se préparent.

Dans l'hypothèse survivaliste, le Collapse se traduit par une interruption de l'approvisionnement alimentaire pendant quelques jours, une ou deux semaines peut-être. Cette interruption se produit dans un contexte d'épuisement du modèle productiviste occidental, et intervient dans une conjonction circonstancielle défavorable.

L'hypothèse la plus plausible est que la simultanéité entre une réduction de la production énergétique et un phénomène climatique malheureux (par exemple des inondations ou une sécheresse qui entament sévèrement les récoltes) provoque une sorte de « gap », de trou, dans la production agricole mondiale.

Bien entendu, ce trou ne serait que temporaire. Mais la question est de savoir combien de temps il faut pour affamer une ville comme New York, Londres ou Paris. Pendant combien de temps faut-il interrompre l'approvisionnement d'une grande ville pour qu'y surviennent des émeutes de la faim, et que la violence se déchaîne pour accaparer la nourriture qui reste ?

Certains disent qu'en huit jours seulement d'interruption de l'approvisionnement, une grande ville peut se transformer en théâtre de guerre civile.

La grande peur de la caste mondialisée

Les survivalistes et les collapsologues ne sont pas les seuls à anticiper et craindre un épisode sanglant dû à la faim.

Cette angoisse occupe l'esprit d'une partie agissante de la caste mondialisée qui détient le pouvoir aujourd'hui.

Le Forum Economique de Davos a par exemple qualifié le risque de révolte comme non-maîtrisable et extrêmement dangereux. Le *Great Reset* de Klaus Schwab insiste abondamment sur les risques de rupture dans les chaînes d'approvisionnement, et sur les conséquences systémiques qu'une telle rupture emporterait pour le capitalisme mondial.

La crainte d'un effondrement chaotique n'est donc pas une affaire d'hurluberlus seulement. Elle est présentée dans de nombreux esprits et elle dicte les politiques que nous avons déjà évoquées plus haut, comme celle de l'*helicopter money*. Schwab propose également la mise en place d'un revenu universel qui serait la meilleure garantie contre des réactions trop vives à la précarité.

On ne peut rien comprendre à la gestion du COVID et à son arrière-fond politique et économique, si l'on n'a pas mesuré le poids de la peur qui s'est emparé de la caste mondialisée face à la montée des risques sociaux, à commencer par la survenue d'émeutes dictées par la faim.

Trump, le Brexit et le chaos

En réalité, la grande peur de la caste mondialisée n'est pas nouvelle. Elle ne cesse de monter depuis que le peuple français s'est exprimé, en 2005, contre le principe de la Constitution Européenne. Démonstration était alors faite que le multilatéralisme n'était pas inexorable, et que le suffrage universel pouvait devenir une arme dangereuse contre le convoi qui chemine depuis 1945, et plus encore depuis la chute du Mur de Berlin, vers l'érection d'une gouvernance mondiale.

Plusieurs événements ont étayé l'idée que les populations occidentales couvaient une dangereuse révolte contre le système de prétendu libre-échange, qui se traduirait par une véritable explosion atomique pour l'ordre international en cas de collapse. L'élection de Donald Trump, et surtout les sorties du Président américain contre le G7 ou l'accord de Paris, ont constitué des alarmes majeures.

On en dira autant du *Brexit* qui a prouvé qu'un grand pays de l'Union Européenne pouvait en sortir à tout moment, malgré un lessivage en bonne et due forme des populations par une propagande sans concession.

Bref, pour la caste mondialisée, les années 2010 ont prouvé que le destin du monde était en train de lui échapper et qu'une explosion qui lui serait hostile était tout à fait plausible.

Il est donc devenu urgent de reprendre la situation en main. C'est l'agenda du chaos, évoqué plus haut, et dont nous apercevons les faces émergées au fil des crises qui surviennent depuis 2019. Cet agenda se déroule par étapes.

Le capitalisme de surveillance

Face à cette montée des périls, la caste mondialisée a globalement décidé de mettre les populations sous surveillance, et même sous une surveillance en progrès constant, afin de maîtriser au mieux le risque de révolte et de remise en cause d'un ordre qui lui profite.

Jusqu'à l'épidémie de COVID, ce capitalisme de surveillance a développé des techniques bien connues, même si tout le monde n'est pas forcément conscient de leur potentiel toxique. Le traçage numérique, notamment grâce aux téléphones portables, en constitue l'épine dorsale. Mais d'autres techniques sont apparues, comme la reconnaissance faciale en temps réel au moyen de drones qui survolent les rues pour épier le moindre mouvement des populations.

L'épidémie de COVID a constitué une étape décisive dans l'agenda du chaos. Elle a, sous couvert de protéger la santé publique, accéléré le phénomène et lui a donné l'occasion de se diversifier. L'introduction du passe sanitaire en constitue une étape essentielle. Au nom de la santé, les populations ont consenti à « retrouver leur liberté » en acceptant un contrôle systématique de leur état de santé, et souvent de leur identité, pour aller prendre un simple café à une terrasse.

D'autres projets dystopiques sont bien avancés, comme l'introduction d'une puce sous-cutanée permettant de lire numériquement l'état de santé de la personne, en attendant que d'autres données soient versées dans ces micro-mémoires.

Plus globalement, la Commission Européenne a présenté, au printemps 2021, son projet de «*wallet*», c'est-à-dire d'identité numérique, qui permettra de stocker dans une seule mémoire les données d'identité, de santé, et de paiement. Il s'agit d'une étape préalable pour une industrialisation du crédit social à la chinoise tel que le passe sanitaire en constitue la préfiguration.

L'arrivée de l'euro numérique en 2023 permettra par ailleurs de tracer toutes les transactions, même les plus petites.

Dans les années à venir, l'État disposera donc des moyens de limiter autoritairement et automatiquement la consommation de telle ou telle partie de la population jugée trop réfractaire à l'ordre. La surveillance des populations sera complète, permanente et totale.

Great Reset et Grand Collapse

Ce qu'il faut bien comprendre ici, c'est le lien structurel qui unit le *Great Reset*, c'est-à-dire la reprise en main des sociétés occidentales par la caste mondialisée grâce à une surveillance généralisée, et le Grand Collapse, qui sera le retournement brutal du cycle séculaire haussier vers une sorte de nouveau Moyen-Âge, introduit par une brève séquence brutale.

Ce Grand Collapse est la crainte majeure de la caste, qui s'organise pour ne pas perdre le contrôle de la situation lorsqu'il surviendra.

Pour y parvenir, la caste mondialisée brise ou cherche à briser toute possibilité d'autonomie dans la vie des gens. Ils doivent devenir complètement dépendant de l'État aux mains de la caste, pour ne pas pouvoir lui échapper le moment venu.

D'où les obsessions « sociales » qu'on lit sous la plume de Klaus Schwab, et que de nombreux États occidentaux développent sous une forme ou sous une autre. Parmi celles-ci, on trouve le revenu universel, l'expansion des systèmes de sécurité sociale, la paupérisation des travailleurs indépendants et l'augmentation des impôts pour les classes moyennes.

Autrement dit, tous ceux qui sont susceptibles d'échapper au contrôle de l'État sont progressivement « rabotés » et combattus au jour le jour par des mesures discriminatoires dont l'unité de sens n'apparaît que « de l'extérieur ».

Il est par exemple évident que la fermeture des magasins « non essentiels » durant les confinements fut une mesure qui a profité aux plates-formes de vente en ligne et a fragilisé la petite distribution. Les consommateurs ont progressivement pris l'habitude de recourir à Internet pour acheter, au lieu de se rendre dans le petit magasin du coin. Des campagnes insidieuses ont d'ailleurs répandu l'idée que tout contact direct entre les personnes était dangereux pour la santé, et que la solitude devant son écran était préférable.

Tous ces « éléments de langage », tout ce « narratif », pour reprendre les expressions sophistiques à la mode, convergent vers un but commun : convaincre les individus qu'il vaut mieux privilégier la sécurité en préférant être salarié d'un grand groupe transnational (ou fonctionnaire…) plutôt qu'un travailleur indépendant qui vit de sa propre entreprise.

Au fond, qu'importe d'être libre, pourvu que l'on

soit en sécurité. Telle est la logique qui domine le discours officiel.

Au besoin, pour bien activer cette logique, la caste mondialisée n'hésite pas à faire son miel de toutes les peurs possibles et imaginables, à commencer par la peur de la maladie qui occupe chaque jour, depuis dix-huit mois, la une de tous les journaux. Pour être protégé face aux menaces, rien ne vaut une bonne obéissance aveugle à l'État.

Pourquoi la sécession s'impose

Face à cette poussée étatiste, qui est d'essence autoritaire et même totalitaire, seule la sécession permet de recouvrer des marges de liberté et d'éviter le naufrage collectif qui se profile.

C'est en effet en préparant et en pratiquant la sécession que les individus se donnent les moyens d'échapper au contrôle total de l'État et qu'ils peuvent espérer subvenir, au moins provisoirement, à leurs propres besoins sans aliéner leur liberté.

Il faut toutefois préciser ici ce qu'il faut entendre par sécession. Littéralement, la sécession est un acte de séparation entre deux entités « morales ». Ce mot a été utilisé dans des contextes différents, qui expriment tous la volonté de ne plus vivre dans un même pays. Par exemple, la République Tchèque et la Slovaquie ont fait sécession en 1993.

Mais nous n'utilisons pas exactement la sécession dans ce sens-là.

Nous préférons lui accorder un sens social et spirituel, sur le modèle de la « *secessio plebis* », la sécession de la plèbe sur l'Aventin, au Ve siècle avant Jésus-Christ, à Rome. À cette époque, et par deux fois en quelques décennies, le petit peuple de Rome s'était retiré sur la colline de l'Aventin pour ne plus frayer avec l'aristocratie.

Les prolétaires, pourrait-on dire, les premiers de corvée en quelque sorte, n'avaient pas trouvé de meilleur moyen pour faire progresser leurs revendications. En l'espèce, ils réclamaient un allègement du fardeau fiscal, notamment foncier, qui pesait sur eux. C'était la condition qu'ils mirent à leur enrôlement dans l'armée pour aider les chevaliers dans la guerre contre les tribus voisines.

Certes, la *secessio plebis* correspondait en partie à une réalité géographique : le peuple s'est regroupé sur sa colline et n'en est plus sorti pendant les quelques semaines qu'a duré le bras de fer avec les nobles. Mais elle ne s'est pas traduite par une déclaration d'indépendance ni par des déplacements de population. Simplement, pendant plusieurs semaines, le peuple a refusé de collaborer avec l'élite dirigeante en se confinant, en quelque sorte, dans ses quartiers.

Jusqu'où la sécession doit aller

L'histoire de la sécession du peuple romain sur l'Aventin est vraiment passionnante, parce qu'elle nous en dit beaucoup sur ce que sont les conditions de réussite dans ce genre d'opération.

Historiquement, lorsque le peuple se retire sur l'Aventin, Rome est menacée de guerre et d'invasion. Survient alors ce que l'on appelle l'insurrection du Mont Sacré : les plébéiens refusent de combattre les Volsques tant que l'aristocratie ne cède pas.

Il faut bien retenir, donc, que la sécession n'intervient pas, ou pas forcément, par temps calme et par grand beau. Elle est particulièrement efficace lorsque la nation elle-même est en danger et que l'élite dirigeante a un besoin impérieux de la plèbe pour défendre ses intérêts face à l'ennemi. C'est à ce moment-là que la meilleure négociation intervient, et c'est dans ces moments de faiblesse pour la caste au pouvoir que le peuple peut espérer remporter le gain le plus important par la sécession.

La force du petit peuple à Rome fut de ne pas se laisser emprisonner par la dialectique aristocratique habituelle qui appelle à « l'unité nationale » pendant la crise, et qui repousse à plus tard les négociations collectives, sous prétexte qu'il ne faut pas se diviser dans les moments difficiles.

En réalité, pour faire le bon choix, il faut faire un calcul de probabilité assez simple et savoir à qui l'unité nationale profite le plus.

Dans le cas de l'Aventin, le peuple de Rome avait astucieusement calculé qu'il avait le choix entre être asservi aux cavaliers romains et être asservi aux Volsques. Dans les deux cas, l'unité nationale lui promettait l'asservissement. Seule l'aristocratie tirait profit de cet appel à l'unité.

Logiquement, les « premiers de corvée » ont considéré qu'ils pouvaient s'exposer au risque de combattre si et seulement si l'aristocratie améliorait son sort.

La comparaison historique est précieuse, puisqu'elle nous rappelle en tous points la situation de nos sociétés contemporaines. Face au COVID, par exemple, la plèbe a un intérêt objectif à monnayer chèrement l'aide qu'elle apporte à la caste mondialisée, puisque seule la caste mondialisée tire profit du confinement.

Toute la force de la caste mondialisée a consisté à déployer une rhétorique, une propagande, qui a convaincu la plèbe du contraire.

Beaucoup ont par exemple cru que le virus menaçait grandement leur vie, et qu'il fallait faire front pour le combattre. Or l'examen des statistiques montre que, en France, par exemple, la mortalité chez les personnes de moins de 50 ans a fortement baissé en 2020 par rapport à 2019. Entre 50 et 65 ans, la hausse de la mortalité n'a été flagrante qu'au printemps 2020.

Ces données ne signifient pas qu'il n'y a pas eu de morts du COVID. Il est indéniable que les personnes de plus de 65 ans ont beaucoup souffert de la maladie.

Simplement, la propagande officielle est parvenue à faire croire que le COVID menaçait gravement toute la population, alors que la réalité est bien différente. Dans la pratique, la mortalité du COVID chez les personnes de moins de 50 ans sans co-morbidité (notamment sans problème de surpoids) est anecdotique et ne justifie certainement pas que tout soit « arrêté » pour éviter la contamination.

Pour sauver les plus âgés, qui sont aussi, statistiquement, les plus riches, la caste mondialisée est donc parvenue à convaincre toute la société qu'elle était en danger, alors qu'elle ne l'était pas.

C'est cette conviction-là que la noblesse romaine n'était pas parvenue à arracher au Ve siècle au sein de la plèbe.

La sécession contre la mondialisation

D'une certaine façon, notre ambition est d'exposer ici les principaux moyens de réaliser une sécession à l'heure de la civilisation numérique.

On ne peut plus, comme dans la Rome antique (et a fortiori comme dans la Rome naissante, qui était une bourgade) penser la sécession comme une concentration du peuple sur une colline, défiant l'aristocratie. Géographiquement, cette séparation n'aurait pas de sens, ni aucune possibilité de réussir.

En revanche, il est possible d'entamer une sécession sociétale, en refusant d'adopter les codes, les usages, les principes, les valeurs, véhiculés par la caste mondialisée, ou instrumentalisés par elle, et en adoptant des codes et des valeurs alternatives.

C'est ce processus global que nous entreprenons de décrire ici, non de façon exhaustive, mais en donnant des pistes que chacun pourra approfondir et adapter selon ses besoins.

I. DE LA SÉCESSION POLITIQUE

Comme beaucoup de Français, j'écume, je rumine le deuil inconsolable de mes libertés et de mes droits fondamentaux, foulés au pied par le *Great Reset* à l'oeuvre en Occident depuis deux ans. C'est ce que Thomas d'Aquin avait appelé la démagogie, c'est-à-dire la corruption de la démocratie, ces moments où la majorité se transforme en force d'oppression contre les libertés et l'État de droit lui-même.

Et c'est bien ce que nous avons vécu sous l'impulsion du tyran Macron, qui a décidé d'attiser la haine d'une majorité (relative) de Français vaccinés contre une minorité (importante) de non-vaccinés, soudain diabolisés et qualifiés de non-citoyens faute de subir l'injection à la va-vite d'un produit sous autorisation simplement conditionnelle, parce que commercialisé sans recul suffisant sur ses effets secondaires. Enfants, lorsque nous apprenions à l'école l'horreur du statut des Juifs et des francs-maçons sous Vichy, nous n'imaginions pas qu'un jour un régime prétendument démocratique (en l'espèce le nôtre) produirait à son tour la même horreur, et actionnerait la même pulsion génocidaire.

Dans la fraction bien-pensante de la société qui procède sans vergogne à ce que nous pouvons appeler la réaction bourgeoise, à l'instar de la réaction nobiliaire à la fin de l'Ancien Régime, personne ne soupçonne la béance du gouffre que ces outils de crédit social que sont le passe sanitaire et le passe vaccinal ont ouvert sous les pieds des non-vaccinés, ou des réfractaires aux vaccins à ARN messager. Aucun d'entre eux n'a eu l'empathie de se mettre à la place de ceux qui étaient soudain exclus parfois de leur emploi sans la moindre indemnité, toujours des lieux de culture, de sociabilité, de soins. Aucun (ou si peu qu'ils sont restés silencieux) n'a voulu comprendre que la rupture était profonde et, pour beaucoup, irréparable.

Seul un changement de régime peut laver l'affront fait aux libertés. Du moins beaucoup dans nos rangs le pensent, sans aménité et sans état d'âme, avec tout ce qu'un changement de régime peut charrier derrière lui. Nous assumons cela sans gaîté de cœur, mais comme une réparation et un mal nécessaire pour sauver l'Homme soudain menacé par l'idéologie scientiste.

En attendant ce jour béni où un régime honni disparaîtra, nous devons nous préparer à affronter des moments difficiles, avec l'instauration obstinée de cette dictature qui, sous des prétextes sanitaires trompeurs, vise à nous enrégimenter dans un système qui ne correspond pas à nos traditions humanistes.

Pour y faire face, je préconise la sécession politique.

Qu'appelle-t-on la sécession politique ?

Les lignes qui précèdent sont empreintes d'une certaine noirceur, et je voudrais ici dire que la sécession politique est en réalité une bonne nouvelle qui apporte de la lumière dans un monde au soleil démocratique déclinant.

Elle consiste à nous émanciper, nous les esprits libres, nous les éveillés qui refusons les illusions sociétales et politiques de la dictature mondialiste. Elle consiste principalement à organiser des groupes multiformes de résistance pour préserver autant que possible notre dignité et nos droits naturels lorsque la dictature s'installe ou s'installera.

La sécession politique n'est donc pas une fuite, comme beaucoup l'imaginent.

Elle ne cherche pas à transformer une partie du territoire national en zone franche ou en zone indépendante, ou en un État alternatif. Elle ne pousse pas non plus à se retirer dans les campagnes pour vivre dans une semi-clandestinité.

Bien entendu, certains peuvent, s'ils le souhaitent, quitter les métropoles pour vivre à la ferme et tenter d'acquérir leur autonomie alimentaire. Cela n'est pas contraire à la sécession politique, mais je pars du principe qu'il ne s'agit que de l'une des formes possibles de celle-ci et qu'elle n'en est en réalité pas l'essentiel.

La sécession politique est plutôt, au sens biblique du terme, l'apocalypse de la pensée libre. Elle nous offre une voie possible pour vivre notre liberté là où nous sommes, au milieu des hypnotisés de la mondialisation. Elle nous donne l'occasion d'affirmer notre conscience en dévoilant au monde la puissance de notre volonté malgré des lois liberticides.

Le détail de ce que cette affirmation sereine mais déterminée de la liberté signifie fait l'objet des lignes qui suivent, et des chapitres à venir.

D'ici là, je veux absolument insister sur deux points.

D'abord, il faut marteler que notre sécession est politique et non géographique. Cela signifie que notre démarche est porteuse d'une contestation du système politique actuel et d'une volonté de le changer radicalement. Elle ne se limite donc pas à vouloir survivre, ou vouloir surmonter un grand effondrement. Elle se place sur un plan institutionnel, d'une certaine façon, et porte en elle une vision nouvelle de nos institutions.

Là où notre société est organisée verticalement, nous prônons une organisation horizontale, et, pour contourner ou neutraliser les injustices de l'ordre vertical, nous mettons en place des solutions concrètes pour organiser la résistance ici et maintenant. Ces solutions concrètes sont la base de la société horizontale que nous appelons de nos vœux.

C'est le deuxième point que je veux souligner : la sécession politique n'est pas, ne peut être individuelle. Elle est forcément collective.

Encore faut-il s'entendre sur le sens de ce terme de « collectif ». Nous n'entendons pas ici défendre ces grandes machines bureaucratiques, avec des chefs et des commissaires politiques chargés de faire régner la terreur dans les rangs, tels qu'on les trouve dans toutes les organisations d'essence socialiste et totalitaire où une poignée de dirigeants appelle à la soumission collective au nom de l'intérêt général.

La démarche que nous appelons de nos vœux, c'est celle de l'intelligence propre à l'ordre spontané des sociétés ancestrales, très bien décrit par Friedrich Hayek dans la *Route de la Servitude*. Elle repose sur le rassemblement des bonnes volontés et du bon sens.

Des gens libres s'organisent spontanément pour rester libres ! Telle est notre vision de la société en état de sécession.

L'urgence imposée par la dictature sanitaire

J'adorerais distiller ces lignes à la manière d'un idéaliste qui n'est pressé par aucune menace immédiate.

Mais tel n'est pas le cas : nous avons déjà connu une atteinte grave à nos droits avec la mise en place d'un passe sanitaire, puis d'un passe vaccinal, qui nous transformait en citoyens de seconde zone.

Pour des raisons électorales et saisonnières, cette pulsion totalitaire s'est provisoirement mise en hibernation. Mais nous savons déjà que, conformément aux objectifs affichés du *Great Reset* qui se saisissent du coronavirus comme d'une opportunité pour être mis en place, l'introduction d'un crédit social dans nos sociétés démocratiques est une démarche de longue haleine qui ne s'arrêtera pas là.

Conformément aux recommandations de l'idéologie anglo-saxonne dite fabienne, c'est-à-dire de centre gauche, le crédit social est mis en place selon la technique du curiaçage, qui conduit à étaler la mesure dans le temps pour amenuiser patiemment les oppositions et habituer la population à ses effets. Dans cette stratégie du curiaçage, nous avons bénéficié d'une pause de quelques mois, mais nous sommes à peu près certains que, à l'automne, les atteintes aux libertés reviendront, et qu'elles seront durables.

Il nous faut donc nous organiser dès maintenant et mettre à profit le relâchement de l'offensive totalitaire pour tisser des réseaux de confiance, souder les bonnes volontés et réussir la formation aux bases essentielles d'une sécession ordinaire.

J'ai pour ma part contribué à créer l'association *Rester libre!*[1] qui a diffusé les premiers «praticables» pour créer des sections locales et commencer le travail de sécession.

J'insiste: l'action politique que je propose ne participe pas de ces grandes idéologies compliquées et utopiques qui ne voient jamais le jour, ou qui tuent des millions de personnes lorsqu'elles arrivent au pouvoir, comme en Union Soviétique, en Chine ou au Cambodge. Elle est une démarche concrète, immédiate, qui repose sur la bonne volonté de chacun et non sur l'impulsion d'une avant-garde chargée d'éclairer un peuple d'abrutis.

Organisez-vous entre vous, vous en êtes capables, et n'attendez pas les ordres d'un chef ou d'un gourou pour le faire.

C'est le moment d'agir dans la positivité

Je sais quelle attrition le lavage de cerveau subi depuis deux ans a pu produire chez chacun de nous.

1. N'hésitez pas à la rejoindre: l'adhésion coûte 10€. Elle met également à disposition un forum pour rencontrer des militants proches de chez vous — *resterlibre.org*

Le cartel de la presse subventionnée s'est employé pendant ces interminables mois d'hiver à véhiculer la peur et la haine pour soumettre une société de plus en plus remuante. Parfois, pour éviter des débordements, le pouvoir lui-même a directement (et secrètement) organisé la contestation pour être sûr de la contrôler et pour donner l'illusion d'une vie démocratique sans prendre le risque d'une sédition.

Ce jeu d'ombres chinoises a produit une profonde démoralisation du peuple français, a attisé ses passions tristes ou toxiques, pour le seul profit des usurpateurs qui le gouvernent. D'où une ruine progressive de la santé mentale dans notre société, abandonnée par sa joie de vivre et tétanisée, sidérée, par des chocs permanents préparés, mis en scène, amplifiés pour suspendre toute vie démocratique et permettre des réformes liberticides prises et mises en œuvre à la va-vite.

La sécession politique est d'abord un dépassement de cette tristesse et une proclamation du bonheur et de la joie malgré tout.

La première victoire de la caste mondialisée réside dans la peur qu'elle nous inspire, dans le ressentiment ou la honte qu'elle espère susciter en nous du fait de notre bannissement, de notre isolement, des accusations incessantes de complotisme dont elle nous accable.

Je vous appelle tous à vous libérer spirituellement et psychiquement de cette dépendance. Vous êtes, nous sommes, des créatures libres, dotées de droits naturels imprescriptibles, et ce ne sont pas des petits marquis peureux et poudrés qui vont nous en priver.

N'agissez ni par haine, ni par ressentiment. Affirmez simplement votre liberté et votre élévation spirituelle face à la prison matérialiste dans laquelle ils imaginent pouvoir vous enfermer. Rappelez-vous que vos droits vous sont accordés par la nature et qu'elle seule peut vous les retirer.

C'est pourquoi notre combat ne doit pas être guidé par la haine de l'autre, mais seulement par l'amour de nous-même et de ce que notre espèce a reçu en partage lors de son apparition sur terre. Libre à vous de penser que cette apparition est due à une action supérieure, ou à une évolution heureuse qui n'a rien de surnaturel.

Dans tous les cas, nous sommes ce que nous sommes, c'est-à-dire des créatures mortelles, certes, mais dotées d'un esprit qui nous permet d'accéder à une transcendance grâce à laquelle nous pouvons nous libérer de nos chaînes animales.

Ceux qui ont lu le *Great Reset* de Klaus Schwab savent que cet appel à la transcendance est farouchement combattu par les mondialistes (dont les antispécistes sont les agents conscients ou simplement les idiots utiles). Leur rêve est de nous transformer en moutons dociles prêts à vendre père et mère pour pouvoir consommer sans travailler. Ne leur accordez pas cette victoire, et commencez votre sécession en retrouvant en vous-même le sens heureux, joyeux, de l'humanité : celui-ci d'une élévation spirituelle et d'une affirmation enthousiaste de notre identité humaine, par l'effort quotidien de l'âme pour assumer ses devoirs.

L'amour vous libèrera. Leur haine et leurs peurs les condamneront.

Spiritualité et survie

La dimension spirituelle (je devrais plutôt dire le présupposé spirituel) de la sécession politique me donne l'occasion de préciser un point sur lequel ceux qui s'intéressent à la sécession m'interrogent souvent. Il s'agit de la relation entre sécession et survivalisme.

En pratique, les deux concepts sont parents et « connectés », mais ils ne se réduisent certainement pas l'un à l'autre.

Pour résumer la différence entre ces deux concepts, ou plutôt ces deux disciplines de vie, je dirais que le survivalisme est un aspect parmi d'autres de la sécession, et que certaines formes extrêmes du survivalisme sont étrangères à la sécession elle-même (même si chacun peut pratiquer les deux en même temps).

Concrètement, le survivalisme vise essentiellement à assurer l'autonomie alimentaire individuelle en cas d'effondrement collectif.

La sécession politique n'ignore pas ce risque d'effondrement et elle permet effectivement de garantir un fonctionnement politique démocratique si cet effondrement devait survenir. L'organisation spontanée et horizontale que la sécession politique prépare constitue en effet un puissant amortisseur « institutionnel » en cas de collapse.

L'invasion russe en Ukraine a par exemple montré qu'il ne fallait pas plus de trente-six heures de guerre pour que le chaos s'installe à Kiev, où des bandes armées ont rapidement pris le pouvoir et semé la terreur dans la population civile. Cette rapidité illustre la fragilité des sociétés organisées verticalement : tant que les institutions verticales existent, la société peut fonctionner cahin-caha, mais il suffit qu'une lame de fond les submerge pour que le pire survienne.

La sécession politique est la meilleure arme pour éviter cette implosion.

Mais on voit bien que l'horizon de la sécession politique est beaucoup plus large que la simple question de la survie.

Le survivalisme est tourné vers la préparation alimentaire de la crise.

En soi, la sécession n'est pas une doctrine de la survie, mais de la vie elle-même.

Pour reprendre le jargon contemporain, je dirais que l'objet de la sécession est de développer un modèle horizontal, spontané, alternatif d'organisation afin de garantir le développement durable de la civilisation par temps difficiles. Nous ne prétendons pas seulement assurer la survie de l'humanité en cas de problème, nous prétendons être la solution d'avenir pour toute civilisation qui veut durer malgré les difficultés de toutes sortes auxquelles elle sera exposée.

Une autre manière de présenter la même idée est de dire que l'Occident (comme sans doute le reste de la planète) a dépassé son optimum climatique et économique avec les Trente Glorieuses, et que les deux ou trois siècles qui viennent seront faits d'événements climatiques, sanitaires, sociaux, douloureux. Pour les surmonter en conservant nos valeurs spirituelles, nous devrons donc transitoirement abandonner nos lourdes organisations verticales et centralisées, et nous devrons mieux utiliser les intelligences collectives contenues dans l'ordre spontané des sociétés.

Bref, le survivalisme est une façon de survivre à ce dépassement de l'optimum historique, la sécession politique est une manière d'en tirer parti.

Sécession en milieu urbain

Cette dimension alternative de la sécession me paraît essentielle pour répondre à la question que les « urbains », les habitants des villes, se posent.

Les inquiétudes qui s'accumulent sur l'avenir de notre société, surtout depuis que la caste mondialisée qui en a fait son jouet utilise la stratégie du chaos pour gouverner et tétaniser les peuples, ont favorisé un véritable mouvement de contre-migration intérieure. Les « urbains » qui le peuvent quittent les métropoles pour de plus petites villes, voire pour la campagne. Certains ont même acheté une vieille ferme pour y élever des poules et y faire pousser des légumes.

Bien entendu, les confinements en tous genres qui ont, pendant de longs mois, transformé nos villes en enfer, n'ont fait qu'accélérer un mouvement dont les contours sont encore imprécis.

L'intuition sur laquelle ce mouvement se fonde est de bon sens : il est plus facile de traverser une crise économique ou alimentaire quand on vit à la campagne qu'à la ville. Le circuit court d'approvisionnement est plus robuste que les grandes lignes aériennes polluantes qui amènent des mangues fraîches d'Afrique ou d'Amérique du Sud jusqu'au supermarché parisien ou lyonnais. Si les institutions devaient cesser de fonctionner, acheter son lait et ses poireaux chez le fermier d'à côté est plus sûr que d'arpenter les rayons légumes des Monoprix ou des Auchan au milieu d'une banlieue surpeuplée.

Mais ce scénario de départ à la campagne correspond à une stratégie de survie qui ne répond pas à la question que nous nous posons. Notre sujet est d'anticiper l'instauration d'une dictature aux prétextes sanitaires qui dégradera politiquement les résistants. Et j'ai la certitude absolue qu'un mouvement ne serait-ce que de cinq ou six millions d'urbains résistants vers la campagne n'est pas possible.

Donc, si le survivalisme répond aux attentes des ruraux ou des urbains fraîchement ruralisés (du moins pour ceux qui parviennent à s'acclimater à leur nouvelle vie, ce qui est tout sauf acquis), il laisse totalement orphelins tous ceux qui sont « coincés » dans une vie urbaine dont ils dépendent pour leur salaire ou la scolarité de leurs enfants.

C'est à ceux-là aussi que la sécession politique apporte une réponse, en proposant un mode opératoire garantissant une préservation discrète de leurs droits malgré les lois liberticides. L'essentiel de cette réponse passe par le tissage dès maintenant de liens réels, physiques, de solidarité avec des personnes qui partagent leur aspiration politique à une organisation horizontale de la société.

La solidarité d'aujourd'hui est la résistance de demain

Voilà toutes les raisons pour lesquelles il est important que les adeptes de la sécession passent dès maintenant à l'action, en se regroupant partout où ils sont dans des cellules actives de militants convaincus et confiants (dans tous les sens, et j'allais dire toutes les directions du terme), prêts à résister efficacement le jour où la dictature jettera le masque et s'assumera en tant que telle, comme durable et robuste, sous le prétexte fallacieux de notre « protection » et de notre « intérêt général ».

Ces cellules doivent à la fois être des lieux de convivialité et de solidarité, au sens vrai du mot.

La contamination socialiste des dernières décennies fait faussement confondre solidarité et assistante. Lorsqu'on lit la propagande mondialiste, ou mélenchoniste, qui sont sur ce point quasiment identique, la solidarité consiste à confisquer les richesses acquises par ceux qui ont travaillé pour les redonner à ceux qui n'ont pas travaillé. Au nom de la solidarité, il existerait un droit au totalitarisme « protecteur » visant à assurer une subsistance normale à tous, y compris aux profiteurs qui n'aiment pas l'effort.

La solidarité de la cellule de sécession n'est pas cela. Elle consiste à recevoir en attendant de donner, ou à donner en attendant de recevoir, mais certainement pas à profiter sans jamais rendre.

Sur ce point, je trouve que les cellules Solaris, qui sont survivalistes plus que sécessionnistes, ont un fonctionnement très inspirant. Elles sont fondées sur le recueil des compétences de chaque membre. En arrivant, chacun dit ce qu'il est prêt à donner et ce dont il a besoin. Ce recueil se fait de la façon la plus informelle possible, et surtout pas sur Internet, par souci de discrétion. C'est cette solidarité-là, où l'on ne reçoit jamais sans donner, qui est nécessaire.

La première des solidarités est de se parler, et d'être présent l'un à l'autre. La base de la stratégie mondialiste pour nous faire obéir est de nous atomiser et de nous isoler les uns les autres, avec notre ordinateur et notre connexion Internet pour seul interlocuteur. Cette obsession de la mise à l'isolement a constitué le cœur de la propagande pendant la pandémie, en nous convainquant jour après jour que se parler, se côtoyer, vivre ensemble, sans masque et en toute proximité, était la source des maladies.

La cellule de sécession ne peut exister avec des

gens dupes de cette mise en scène. Elle rétablit la base de la communication humaine : le toucher, l'approche, la chair, la voix, le regard, la présence.

C'est maintenant qu'il faut créer ces groupes de convivialité, c'est maintenant qu'il faut s'apprendre, qu'il faut apprendre à se faire confiance, à se parler, à s'écouter. L'investissement qui se fera maintenant rendra la résistance de demain invincible.

Une résistance globale à une dictature mondiale

J'ai beaucoup parlé de sécession politique, parce que notre projet est de changer la cité et non de la fuir, par une sorte de résistance passive et collective aux lois liberticides.

Mais je ne voudrais pas qu'il y ait de malentendu en laissant croire que la sécession ne s'occupe que de politique, et qu'elle se limite, au fond, à une posture idéologique qui n'obligerait à aucune discipline quotidienne.

Au contraire, faire sa sécession politique est une démarche citoyenne globale qui recouvre plusieurs champs, dont l'objet des chapitres suivants est d'en détailler le contenu sous ses différentes facettes.

Dans ce chapitre, j'ai commencé à traiter ce que j'aime bien appeler la sécession psychique, qui consiste à s'émanciper de la tutelle spirituelle de la caste sur le peuple. L'hégémonie culturelle que lui donne la presse cartellisée par les milliardaires permet, au jour le jour, parfois inconsciemment, d'ancrer solidement l'idée que le peuple est sous tutelle et qu'il ne peut s'exprimer qu'après s'être justifié devant le tribunal de la bien-pensance. Il existe même des groupes de délateurs professionnels, comme *Conspiracy Watch*, avec le lugubre et médiocre Rudy Reichstag à sa tête, pour ficher les dissidents à la manière des pisse-copies collaborationnistes durant la Seconde Guerre mondiale, qui fichaient les Juifs et les désignaient à la déportation ou à l'exécution.

Il faut s'affranchir de cette nouvelle Inquisition.

Mais il faut aussi faire sécession sur les autres plans, ce que nous détaillerons dans des chapitres dédiés.

Le premier de ces plans est le plan fiscal. Il ne s'agit pas de ne pas payer ses impôts, car cela serait contraire à la loi et contre-productif. En revanche, il est vital de ne pas financer la dictature en payant trop d'impôts. Il faut donc apprendre à payer sa juste part (ce que les mondialistes de la France Insoumise ont tendance à appeler : frauder), au besoin en adaptant intelligemment ses choix de vie pour obliger le monstre bureaucratique de l'oppression à maigrir.

Parallèlement au plan fiscal, je mets le plan social, au sens du financement de la protection sociale, dont le seul intitulé illustre à merveille la capacité de la caste mondialisée à bercer le peuple d'illusions pour assurer sa domination. Ce qu'on appelle en France la sécurité sociale mériterait d'être appelé l'insécurité professionnelle, puisqu'il s'agit d'un monopole d'État qui permet de contrôler la vie privée de chacun de la naissance à la mort sans recours possible.

J'y reviendrai pour expliquer comment limiter l'ampleur du contrôle étatique opéré grâce à cet outil que tous les staliniens de France révèrent comme un Dieu contemporain.

Proche de la sécession sociale, il ne faut surtout pas oublier la sécession sanitaire. L'idéologie scientiste qui cherche à broyer nos antiques libertés rend un culte sacré à l'allopathie, qui consiste à bourrer des gens souvent bien portants de pilules pleines de produits chimiques mystérieux qui rendent autant malades qu'ils ne soignent. Pratiquer la médecine autrement est un grand acte de libération et de sécession sur lequel nous reviendrons.

Enfin, nous n'échapperons pas à la question de la sécession alimentaire, déjà effleurée sur le sujet du survivalisme. J'y consacrerai un chapitre à part entière.

Retenez surtout que la sécession politique n'existe que si elle se décline dans les différents compartiments de la vie. De ce point de vue, la sécession n'est ni une idéologie ni une doctrine à proprement parler. Elle est une éthique, une façon de vivre, et vous trouverez dans cet ouvrage des conseils pour la mener de façon épanouie. Ces conseils nc sont toutefois que des conseils : ils sont imparfaits, suggestifs et perfectibles.

Ils ne sont ni une religion ni un bréviaire. Ils sont simplement un éveil.

Faire sécession, c'est s'adapter en permanence

Il me semble avoir fait le premier tour nécessaire à l'explication globale de ce qu'est la sécession politique. Le lecteur a évidemment compris que, ce faisant, nous n'en sommes qu'au début de la démarche dont, au fond, nous avons à la fois tout dit et rien dit.

Je voudrais terminer ce premier chapitre en insistant sur un point essentiel : la sécession est la démarche d'une vie.

Ne sous-estimez pas le sens de cette expression : la sécession, c'est le comportement de survie de celui qui s'adapte jour après jour à un ennemi intérieur qui lui mène une guerre, et même une guérilla, psychique, spirituelle, intellectuelle, culturelle, sociale et économique. Gagner ce combat suppose beaucoup d'agilité car il faut savoir s'adapter en permanence aux nouvelles inventions, aux nouvelles armes utilisées pour vous nuire.

Ce qui est écrit dans ce livre sera donc, dans ses détails, rapidement périmé. Ne restera que l'inspiration essentielle : dans un monde hostile, dans une démagogie constante, l'homme libre doit savoir adapter sa stratégie défensive en permanence pour protéger ses droits naturels.

N'oubliez jamais cet impératif d'adaptation quotidienne.

II. SÉCESSION CULTURELLE OU COMMENT SORTIR DÉFINITIVEMENT DE LA MATRICE MONDIALISTE

Dans mon « Agenda du Chaos » [2], j'ai documenté la question de l'hégémonie culturelle exercée par la caste mondialisée pour maintenir sa domination sociale et politique. J'y prétends que cette hégémonie, théorisée dans les années 1920 par le marxiste italien Gramsci, a connu une industrialisation sans égale dans l'histoire après la survenue de la crise de 2008 et en réaction à l'émergence des « nationalismes », des « souverainismes » et des « populismes ». Je ne reviendrai donc pas sur les aspects théoriques de cette question.

Je souhaite ici me concentrer sur les aspects pratiques de l'émancipation culturelle par laquelle doit

2. « Agenda du chaos : concentration des médias et hégémonie culturelle de la caste », consultable sur *Le Courrier des Stratèges* : lecourrierdesstrateges.fr/2022/02/18/payant-agenda-du-chaos-concentration-des-medias-et-hegemonie-culturelle-de-la-caste/

commencer toute sécession politique et dire comment concrètement la commencer et la réussir.

À quoi ressemble-t-on quand on a réussi sa sécession culturelle ?

J'imagine bien que, pour ceux qui découvrent le sujet de la sécession, cette question de la sécession culturelle est floue, un peu fumeuse même, alors qu'elle est primordiale. Pour dissiper tout malentendu et incompréhension sur ce qui va suivre, je prends donc le temps de bien préciser à quoi on reconnaît une personne qui a réussi sa sécession culturelle, car sans vision claire de l'objectif à atteindre, je pense qu'il n'y a pas de sécession politique possible.

La sécession culturelle poursuit un seul objectif : tendre à l'autonomie de la pensée et de la volonté, pour reprendre le langage d'Emmanuel Kant. Les survivalistes tendent à l'autonomie alimentaire, nous tendons à l'autonomie intellectuelle et spirituelle.

Je dis que nous y tendons, je ne dis pas que nous la pratiquons, parce qu'être autonome « dans sa tête » est un objectif ambitieux, qui, de mon point de vue, n'est jamais atteint ni complètement ni définitivement. À chaque instant, nous pouvons retomber dans un état de soumission idéologique ou cognitif, parfois par le fait d'une émotion, et nous pouvons perdre subrepticement la maîtrise de nous-mêmes et de nos décisions.

L'autonomie est donc un objectif qui se poursuit tout au long de la vie, par une quête, une discipline, un travail quotidien.

L'autonomie est un art de l'humilité : on n'est jamais assez autonome, on porte toujours en nous-mêmes trop de certitudes fournies par « l'extérieur », en particulier par la matrice culturelle que la caste forge méthodiquement et dont elle nous abreuve pour nous dominer.

Réussir sa sécession culturelle ressemble donc à une utopie, à l'œuvre d'une vie. Mais elle n'obéit pas une logique booléenne faite de 1 et de 0. Personne ne peut se prétendre totalement autonome psychiquement ni spirituellement, mais l'hétéronomie complète n'est pas un destin indépassable, comme aurait dit le vieux Kant. Autrement dit, on peut commencer à échapper raisonnablement à la domination culturelle et spirituelle de la caste par un travail assez simple et quotidien que ce chapitre entreprend de décrire.

Si vous suivez la méthode que je propose, vous vous apercevrez très vite, et de façon grandissante, que votre perception du monde change, et vous vous sentirez de plus en plus libre vis-à-vis des « impulsions » données par l'extérieur. Tout à coup, vous vous sentirez de moins en moins entourés par des hordes de complotistes, de « fachos », de « réacs », de cinglés en tous genres, et les premiers contours de l'illusion matricielle manufacturée par la caste vous apparaîtront.

Rompre la chaîne de l'interconnexion

Pour parvenir à des résultats rapides, il faut accepter de prendre une grande décision : rompre la chaîne de l'interconnexion.

Si cette expression vous paraît absconse, je vous conseille de lire les quelques pages de Klaus Schwab et de Thierry Malleret, dans leur *Great Reset*, sur « l'interconnexion » numérique. Elles y décrivent l'état d'abrutissement et de docilité produit par le matraquage numérique permanent. Dans la pratique, la force de la matrice mondialiste est de vous arracher à vos contacts locaux (vos voisins, votre famille, vos petits commerçants) pour vous placer dans un huis clos constant, pour ainsi dire sectaire, avec la caste.

Si vous vous laissez faire, du matin et au soir, et même la nuit (puisque des téléphones connectés vous donnent des conseils de sommeil...), vous pouvez vous trouver sous l'emprise ininterrompue de la caste. Concrètement, cela signifie que, dès le matin, votre téléphone vous adresse les informations triées sur le volet par Yahoo ou Google, et que votre poste de radio (ou votre téléviseur) commence la diffusion d'informations produites par le cartel de la presse subventionnée. Cette diffusion se fait en continu jusqu'à votre coucher.

Tous ces contenus dont vous êtes abreuvés en permanence sont évidemment fabriqués pour vous convaincre d'obéir, avec des « éléments de langage » qui déclinent un « narratif » taillé sur mesure pour vous faire admettre une illusion qui se substitue à la réalité.

Par exemple, ce mensonge industriel vous a expliqué que la vaccination permettait un retour à une vie normale, oubliant systématiquement de dire que, dans votre vie normale d'avant, vous n'aviez pas à présenter un QR-Code chaque fois que vous preniez un café, ce QR-Code servant à nourrir un immense espace de données opéré par l'État pour vous surveiller, au nom de votre protection bien entendu. Des gens qui se prennent très au sérieux et qui se croient très intelligents ont cru sans en démordre à cette fumisterie. Ils sont en réalité prisonniers de la secte mondialiste et de l'illusion qu'elle fabrique en permanence pour vous faire obéir à ses désirs, ses projets et ses intérêts, sans la moindre violence.

Pour échapper à cette emprise sectaire, il faut tout débrancher, et il faut le faire d'un coup d'un seul.

Le premier matin où vous le pratiquez, interdisez-vous de lire les actualités Google, Yahoo, les notifications envoyées par les journaux auxquels vous êtes abonnés, n'allumez pas votre poste de radio, n'allumez pas votre téléviseur. Prenez votre café en silence, et ne pensez à rien. Profitez simplement de la vie ordinaire : parlez à votre femme ou votre mari, à vos enfants, ne vous souciez plus du coronavirus, de la guerre en Ukraine, des dernières déclarations de Macron, et ouvrez les yeux en écoutant le chant des oiseaux dans les arbres si vous avez la chance d'en avoir autour de vous.

La question du désapprentissage

Si vous avez suivi mon conseil, vous venez brutalement de changer de vie, parce que vous avez débranché la perfusion qui permet à la caste mondialiste de vous distiller l'anesthésiant de la soumission.

Mais ce geste n'est qu'un commencement, et vous devez maintenant suivre un long chemin dont je vous ai déjà dit qu'il comporte souvent des haltes ou des étapes extrêmement agréables, mais qui n'aura jamais de fin.

Tout au long de ce voyage existentiel, vous aurez besoin de vous munir d'un outil indispensable que j'appelle le désapprentissage.

Dès la plus tendre enfance (surtout si vous êtes né en même temps qu'Internet se répandait), la caste vous a baigné dans une idéologie intolérante selon laquelle un certain nombre de comportements acquis et sectaires seraient des réflexes naturels obligatoires et incontestables. Cette idéologie est totalitaire au sens où elle décline la soumission dans tous les compartiments de la vie, même les plus inattendus.

Elle vous apprend par exemple que les humains forment une grande famille uniforme, où les Africains et quelques autres (comme les Musulmans) sont des victimes du méchant colonialisme blanc. Toute personne qui, aujourd'hui, s'autorise à nuancer cette vision, par exemple en soulignant que les plus grands esclavagistes étaient Africains et Musulmans, y compris jusqu'à la fin du XIXe siècle, est immédiatement bannie et reléguée dans la « fachosphère », ce qui rend sa fréquentation honteuse.

Ce réflexe de bannissement à l'égard de tout ce qui n'est pas dicté par la caste doit faire l'objet d'un désapprentissage d'autant plus patient que la caste n'a ménagé aucun effort pour déformer le psychisme des foules. Certains sont absolument convaincus que toute forme de divergence vis-à-vis du « narratif » propagé par le cartel des médias subventionnés à propos de l'Afrique et de la culpabilité du monde blanc est la marque d'une nostalgie pour Adolf Hitler.

J'insiste sur le caractère totalitaire de ces réflexes conditionnés et sur la difficulté de les débusquer complètement. Sur ce point, il faut féliciter le travail de l'Education Nationale qui a patiemment percolé dans le cerveau de nos enfants une multitude de comportements qui sont autant de préparatifs à l'obéissance. L'école publique, depuis plusieurs décennies, diffuse un enseignement fondé sur la répétition et l'imitation, qui sanctionne durement tout esprit de liberté et d'innovation (ce qu'on appelle l'esprit critique).

Le désapprentissage de ces déviances institutionnelles suppose un long travail qui peut se révéler angoissant pour certains, tant l'endoctrinement a été profond et robuste.

Revenir aux choses par le doute

Une bonne façon de désapprendre sans trop de douleur est de simplement ouvrir les yeux et de regarder les choses telles qu'elles sont.

Ce retour aux choses est toutefois beaucoup plus facile à proclamer qu'à pratiquer, car il suppose de mettre en parenthèses des prismes déformants à travers lesquels nous avons pris l'habitude d'observer le monde sans parfois être conscients de ces déformations. Sur ce point, il faut systématiquement se méfier des menteurs professionnels qui vous sortent des slogans d'autant plus trompeurs qu'ils ont l'apparence de la simplicité.

Nous nous souvenons tous de ces spots publicitaires financés par le gouvernement, chargés de nous convaincre de l'innocuité et des bienfaits de la vaccination contre le COVID, dont le slogan était : « Les chiffres, ça ne se discute pas ». On a évidemment envie d'y croire : les chiffres, ça permet de revenir aux choses. Mais les habitués de la politique se souviennent de cet autre gimmick, celui-là très vrai : « les chiffres, on leur fait dire ce qu'on veut ». La gestion du COVID l'a abondamment montré.

Dans ce cas d'espèce, la caste cherche de manière pour ainsi dire subliminale à vous faire croire qu'il suffit d'ouvrir les yeux pour constater les bienfaits du vaccin. En réalité, l'accès aux choses est beaucoup plus compliqué, mais l'enjeu est de vous faire prendre la propagande pour une vérité immédiate sans que vous exerciez le moindre esprit critique sur les approximations, les flous, parfois les mensonges grossiers qui sont servis au grand public à longueur de journée.

Le doute est un art qui ne s'improvise pas, et regarder la réalité sans prisme déformant est un exercice beaucoup plus exigeant qu'on ne le croit. Cela suppose de passer à travers la carapace de l'hégémonie culturelle exercée par la caste, et c'est tout sauf une promenade de santé compte du professionnalisme avec lequel cette hégémonie est déployée.

Mais tout n'est pas perdu !

Certains lecteurs se souviennent peut-être de la méthode proposée par René Descartes pour apprendre à douter. C'est le fameux « *tabula rasa* », qui n'est autre qu'un désapprentissage rigoureux, exigeant, de ce que nous avons appris sur le monde et sur la réalité, pour accéder à une nouvelle connaissance des choses. Pour ceux qui aiment la langue du XVIIe siècle, la sécession culturelle peut être l'occasion de relire quelques pages du *Discours de la Méthode* ou des *Méditations Métaphysiques*, où Descartes décrit concrètement sa façon de douter.

Dans le premier chapitre de ce livre, j'ai précisé que la sécession politique était une pratique collective et non individuelle. La sécession culturelle aussi !

Sans vouloir être pédant, je me permets de glisser aux lecteurs qu'un philosophe allemand du début du XXe siècle, nommé Edmund Husserl, a largement enrichi le doute de Descartes en prônant son exercice collectif, ce qu'il appelait l'intersubjectivité. Selon Husserl, on pouvait accéder à la vérité des choses en « croisant » les perceptions subjectives de différentes personnes concernant un seul et même objet. Les personnes intéressées peuvent prendre le temps de lire les *Méditations cartésiennes* de Husserl (exposées en leur temps à la Sorbonne) pour approfondir la question.

On le voit, l'art du doute a occupé beaucoup de philosophes, et accéder à la vérité est toujours un exercice imparfait, qui suppose des débats et une vraie humilité, mais qui a de bonnes chances d'aboutir si on le pratique avec sérieux et rigueur. C'est ce qu'on a appelé la tolérance, une vertu combattue avec hargne par la caste mondialiste qui veut nous imposer une vision unique et unilatérale du monde.

Il y a une « leçon » à retenir de ces considérations sur le retour aux choses et sur le doute vital à entretenir vis-à-vis des discours délivrés en boucle par la caste et son cartel de médias subventionnés : il faut vous méfier des mensonges élaborés par l'idéologie officielle qui se présentent sous forme de vérité simple, et il faut toujours se souvenir qu'accéder à la simplicité des choses est, paradoxalement, une tâche ardue, compliquée, qui suppose beaucoup de force morale et d'indépendance d'esprit.

Comment s'informer de façon libre

Je vous ai conseillé d'arrêter sans délai votre addiction peut-être inconsciente au cartel des médias subventionnés qui distillent jour après jour le venin d'un « narratif » illusoire dont l'objet est d'endormir votre esprit critique.

Cela ne signifie pas que vous devez soudain arrêter de vous informer. Simplement, il faut que vous repreniez le contrôle de votre information, et que celle-ci devienne un espace choisi pour regarder les choses autrement.

Pour mener à bien cet objectif, nous avons la chance d'avoir Internet à notre disposition, qui propose quelques outils gratuits pour accéder à la connaissance au jour le jour en brisant les prismes déformants de la propagande. Parmi ces outils, je vous recommande tout particulièrement de vous équiper d'un agrégateur de flux RSS, qui va bouleverser du jour au lendemain votre manière de vous tenir au courant de l'actualité.

Il existe plusieurs outils de ce type sur le marché, avec des versions gratuites et des versions payantes. Pour ma part, j'utilise *Feedly* et *Netvibes*, selon les jours et les humeurs, même s'il est préférable de s'adapter à un seul outil dans le temps.

Grâce aux agrégateurs, vous pouvez choisir de vous informer selon les sujets qui vous intéressent.

Supposons que votre obsession soit de savoir ce qui se dit sur l'inflation, vous pouvez décider de réunir en temps réel, sur votre agrégateur, tous les articles du monde entier consacré à ce sujet, ou qui comporte ce sujet dans leur texte. Pour cela, l'agrégateur de flux vous propose de sélectionner tous les flux RSS qui en parlent, ou tous les articles que Google fait remonter sur ce sujet.

Les agrégateurs de flux permettent de suivre plusieurs sujets en même temps, et vous maîtrisez les contenus que vous y intégrez, pourvu qu'ils émanent de sites proposant un flux RSS.

Cela paraît technique au début, mais au bout de 15 ou 20 minutes d'utilisation, vous comprendrez parfaitement de quoi il s'agit, car c'est très intuitif.

Vous pouvez vous demander à quoi sert de disposer chaque jour de cent ou deux cents articles du monde entier sur l'inflation, quand vous peinez déjà à en lire un seul dans la journée. C'est dans cette évolution, pour ne pas dire rupture, que se situe la métamorphose démocratique de l'information proposée par Internet. Grâce à ces outils, vous pouvez, en ne lisant que la liste des titres, identifier facilement les médias qui n'ont pas travaillé et se sont contentés de bâtonner une dépêche d'agence (c'est-à-dire la republier en y changeant quelques mots à peine) et les médias qui effectuent un travail un peu plus poussé.

Grâce à cet outil, vous comprendrez l'intérêt d'une presse indépendante, comme *Le Courrier des Stratèges*, financée par ses abonnés, qui ne vous propose pas chaque matin une resucée dogmatique et approximative de ce que vous avez lu partout, mais qui effectue un véritable travail éditorial avec un vrai recul critique. Surtout, la compilation de tous les articles français et internationaux sur un même sujet permet de cerner très vite, à la seule lecture des titres, ce que la caste qui possède les journaux subventionnés cherche à vous faire croire, et en quoi cela diffère de ce qui se passe vraiment.

Sur l'inflation, par exemple, il était très saisissant d'avoir vu, pendant dix-huit mois, la caste s'employer, en Europe, à expliquer qu'il s'agissait d'un phénomène transitoire aux USA qui avait peu de chance de nous atteindre, quand les medias américains avaient d'ores et déjà gravé dans le marbre que le phénomène serait durable, au moins tant que les taux directeurs de la Réserve Fédérale n'augmenteraient pas. Ce déni organisé de la caste en Europe s'explique par une série de raisons politiques, à commencer par la peur de voir les États réduire préventivement leurs dépenses publiques destinées officiellement à « protéger » la population contre le COVID, et source de profit sans limite, en réalité, pour les entreprises et surtout les actionnaires qui en bénéficiaient.

Mais je peux imaginer que cette compilation soit une préoccupation de spécialistes, et qu'elle ne réponde pas aux besoins ordinaires du citoyen honnête qui cherche juste à savoir ce qui se passe dans le monde sans passer par le tri préalable de la caste qui aime attirer l'attention sur des choses insignifiantes qui l'arrangent, et dissimuler des choses importantes (comme l'inflation) qui ne l'arrangent pas.

S'informer loyalement et ordinairement

Si votre préoccupation se résume (ce qui n'est déjà pas si mal) à vous informer loyalement sur l'état du monde, je vous conseille d'utiliser votre agrégateur de flux en réduisant son braquet, et en y rassemblant les publications que vous aimez : les tweets de vos influenceurs préférés, et les articles des sites qui vous inspirent confiance.

Cette technique vous fera gagner beaucoup de temps.

J'en profite pour donner quelques conseils sur le choix des medias indépendants que vous pouvez trouver sur le libre marché de l'information, car, comme vous, j'observe qu'on y lit souvent de tout, parfois du meilleur, souvent du pire, de façon non différenciée. Je suis souvent frappé de voir que des gens diplômés, éduqués, que j'estime, m'envoient des documents certes explosifs, qu'ils tiennent pour authentiques, mais qui ne résistent pas cinq minutes à un examen critique raisonnable.

Par exemple, à l'occasion des élections présidentielles de 2022, un hurluberlu a fabriqué de toutes pièces un faux article du journal *Sud-Ouest* affirmant que, au début du dépouillement du premier tour de 2017, c'est Jean Lassalle qui aurait dû figurer au second tour de l'époque, alors qu'il n'a obtenu finalement que 2 % des voix. Il s'agissait d'une forgerie assez évidente, mais beaucoup de gens se sont laissé prendre au piège. D'autres m'ont beaucoup reproché de ne pas suffisamment annoncer que les sondages étaient truqués et que, à coup sûr, Eric Zemmour allait bénéficier d'un vote caché qui le propulserait au second tour. Tous ceux qui y croyaient avaient entendu des rumeurs assertives, indiscutables, sur la surprise qui se préparait.

Il existe des gens aveuglés par de fausses certitudes dans tous les partis, et la sécession culturelle consiste à recouvrer la vue, même parmi des gens que nous ressentons comme proches.

Pour ce faire, je vous donne un seul conseil, quelles que soient vos opinions : vérifiez toujours vous sources, au calme, et passez du temps à les recouper.

Une autre vérification, plus délicate et plus experte, est indispensable pour vous informer de façon fiable : demandez-vous toujours de quoi vivent les médias que vous suivez, et cherchez à trouver leurs sources de financement. Dans la pratique, un journaliste de qualité à temps plein coûte au minimum 50 000 € annuels charges comprises. Cela signifie qu'un média qui emploie trois journalistes à l'année, avec son infrastructure informatique, ne peut subvenir à ses charges avec moins de 200 000 € annuels. Il s'agit là d'un plancher.

Demandez-vous toujours comment un média parvient à trouver cet argent, surtout s'il est entièrement gratuit et ne demande aucun abonnement. Pour survivre, il a forcément besoin de financements externes, qui ont un impact direct sur sa ligne éditoriale : soit il fait de la publicité pour des annonceurs qui le brident, soit il est financé par des Soros, des Gates, des Mc Kinsey, et sa ligne éditoriale est faisandée. Ce me semble particulièrement vrai de publications qui «jouent» à l'opposition, et qui sont en réalité téléguidées par le pouvoir pour donner l'illusion que le débat démocratique existe, tout en le caricaturant et le discréditant.

Enfin, je vous conseille de vous intéresser de manière préférentielle aux sites qui s'attardent sur les signaux faibles de l'actualité, c'est-à-dire les petites informations qui passent inaperçues quand elles sortent, mais dont on peut penser qu'elles feront l'actualité quelques semaines ou quelques mois plus tard. Ce sont ces sites-là qui vous informent le mieux, et qui vous en apprendront le plus sur le monde contemporain.

Être autonome dans un monde hétéronome

Si vous suivez ces conseils de façon sérieuse, il ne vous faudra pas plus d'un mois pour vous apercevoir que vous ne voyez plus le monde avec les mêmes yeux qu'avant. Si vous étiez auditeur de *France Inter*, vous allez même avoir le sentiment de vivre sur une autre planète, tant l'interruption de la propagande quotidienne outrancière et le recours à des sources indépendantes d'information vont modifier votre perception de la réalité.

Vous devez maintenant apprendre à vivre de manière intellectuellement autonome dans un monde où l'hétéronomie de la pensée est devenue un culte.

Cet apprentissage n'est pas toujours simple. Il suppose même des reins solides tant l'opprobre vous guettera dès que vous oserez faire part de votre recul critique (sans même oser une contestation ouverte) sur des théories binaires farfelues, comme celle où la gentille Ukraine démocratique serait la victime innocente d'un terrible bourreau réincarnant Hitler appelé Vladimir Poutine, celle où une chauve-souris aurait volé pendant 400 kilomètres pour mordre un pangolin qui aurait mordu un Chinois, ou encore celle, croustillante, selon laquelle une seule balle aurait tué Kennedy en le touchant sept fois de suite. Il suffit d'un mouvement léger de sourcil face à votre interlocuteur abonné à *Libération* et à *Télérama* qui débite ces âneries pour que vous soyez catalogué comme fasciste et complotiste.

Tout le monde a vécu ce moment difficile (mais, croyez-moi, c'était encore plus difficile il y a dix ans) où l'assistance composée d'amis, de proches, de collègues, de voisins, observe vos doutes et se met à penser que vous avez peut-être des drapeaux avec des croix gammées cachés dans vos armoires, ou des portraits de Pétain dans votre cave. Progressivement, vous allez devenir infréquentable et vous serez de moins en moins regardés, de moins en moins invités, de moins en moins salués.

C'est sur la peur de ce bannissement que la caste compte pour vous dissuader de douter.

Sur ce point, je sais que certains n'hésitent pas à pratiquer une sorte de *Taqiya*, de dissimulation islamique pour se fondre dans le paysage sans attirer l'attention. D'autres choisissent la provocation et affirment leurs opinions sans vergogne, parfois à tors et à travers.

Pour ma part, je préconise une voie intermédiaire, qui consiste à ne rien renier sans toutefois provoquer. Sur le fond, je sais que la secte des hétéronomes est sous emprise et qu'elle ne peut être convaincue par des voies rationnelles, tant que la propagande officielle fonctionne. En revanche, je ne veux pas donner le sentiment d'avoir honte de mes idées, ou de me rallier aux leurs.

Le silence comme arme de conviction

Je veux ici insister sur l'importance, sur la force, sur le poids du silence comme arme de conviction vis-à-vis de ceux qui nous provoquent en nous accusant d'être complotistes. J'avais cette discussion avec le patron d'un journal « complotiste » qui souffre beaucoup d'être banni (signe qu'il n'a pas, selon moi, réalisé sa sécession culturelle et qu'il est toujours dans la matrice, même s'il le nie). Ce patron me proposait de répondre à je ne sais quel *fact-checking* soutenant que moi ou *Le Courrier des Stratèges* étions complotistes, proches de la fachosphère, « rouge brun » ont même prétendu certains.

J'ai toujours eu pour principe de ne pas répondre à ces attaques, et de leur opposer l'argument qu'elles méritent : un mépris absolu.

La mécanique de domination culturelle mise en place par la caste consiste en effet à se parer de la légitimité du Grand Inquisiteur qui dénonce les sorciers et les impies, et à intimer aux mécréants de se justifier devant la farce de tribunal constituée par les médias subventionnés. Accepter de se plier à l'exercice, c'est déjà mettre un doigt dans la soumission, et c'est déjà faire fonctionner leur machine à faire taire la liberté.

Lorsque les minables délateurs de *Conspiracy Watch* s'amusent à pourrir ma réputation avec des arguments dignes de Bouvard et Pécuchet, je ne réponds donc jamais, en partant du principe qu'ils me privent seulement de lecteurs médiocres que je préfère voir dans leurs rangs plutôt que dans les miens. Ceci n'exclut pas que, le moment venu, les esprits libres ne puissent procéder à l'épuration nécessaire pour neutraliser ces collaborateurs et zélateurs d'un système liberticide.

Mais chaque chose en son temps.

Dans tous les cas, il n'y a rien de pire que de vouloir se justifier devant des agents de police. Le silence est toujours beaucoup plus efficace, car il prouve au moins que vous n'avez rien à vous reprocher. Je préconise sur ce point une extension maximale du champ du silence, en procédant au boycotte général des médias cartellisés que je mets un point d'honneur à ne plus fréquenter.

Comprendre l'accusation de complotisme et y répondre

Je ne pouvais pas terminer ce chapitre sans vous donner quelques astuces pour faire face à l'accusation incessante de complotisme dont vous ferez immanquablement l'objet et qui, je le sais, gêne certains d'entre vous.

Il faut d'abord en comprendre l'origine. J'ai évoqué, dans le premier chapitre de ce livre, la question du curiaçage, c'est-à-dire la technique utilisée par la caste pour saucissonner, feuilletonner son projet liberticide en un nombre colossal de tranches fines qui vous donnent le sentiment que l'atteinte aux libertés est somme tout limitée et qu'elle est proportionnée à la situation.

Ce curiaçage explique l'accusation générale de complotisme. La caste craint tout particulièrement ceux qui décryptent chaque tranche de saucisson en reconstituant son projet fondateur. Pour maintenir les gens ordinaires dans l'illusion que tout cela est transitoire, que le glissement vers la dictature est un fantasme, qu'au fond tout va pour le mieux dans notre société, la caste dénonce le complotisme de ceux qui mettent au jour ses projets à long terme, comme l'identité numérique, la vaccination obligatoire ou la monnaie virtuelle contrôlée par les États selon une logique de crédit social.

Cette accusation de complotisme est vitale, car

elle fait passer pour fous, ou pour dangereux, ceux qui recollent les tranches du saucisson pour en montrer l'unité.

Lorsque que quelqu'un m'accuse de complotisme, je ne perds donc jamais mon temps ni à me justifier, ni à expliquer ce qu'il n'a pas envie d'entendre. Je lui demande au contraire de m'exposer sa vision et, comme je connais plutôt bien mes dossiers, je mène face à lui un travail de crédibilité : factuellement, je souligne ses erreurs, ses lacunes, ses oublis et je lui oppose des faits incontestables rendus publics par la presse subventionnée qu'il ne connaît pas. Je prends bien soin de ne jamais citer d'informations tirées de medias qu'il contesterait, je m'appuie sur ses lectures à lui, ou sur celles qu'il reconnaît comme incontestables.

Je ne me fais aucune illusion sur cette technique. Je sais que je ne redonnerai pas la vue à quelqu'un devenu aveugle par choix. En revanche, je ruine son accusation de « complotisme », car je ne mets en avant aucune affirmation qui ne repose pas sur des faits précis et incontestés.

Demeurer rigoureusement dans la rationalité, savoir de quoi on parle, opposer des faits à des accusations sans fondement, c'est un travail de longue haleine qui ne portera ses fruits que dans la durée.

Je recommande à tous de le mener avec humilité.

III. DE LA SÉCESSION FISCALE

Après le douloureux épisode du passe sanitaire, puis du passe vaccinal, de nombreux Français ont compris que la protection assurée par l'État (et par la sécurité sociale) était tout sauf désintéressée. Elle a un prix : celui de l'obéissance au gouvernement. C'est l'inconvénient d'être protégé : le protecteur demande toujours un salaire.

L'expansion progressive du crédit social devrait amplifier dans les années à venir cet engouement du pouvoir vertical pour une subordination grandissante des citoyens ordinaires. Pour jouir de sa citoyenneté, il faudra obéir au grand projet mondialiste, sans quoi la monnaie numérique qui sera prochainement mise en place permettra de couper les vivres aux rebelles. L'opération sera simple : la banque centrale bloquera à distance toutes les dépenses déclarées illégales (irresponsables, pour reprendre le « narratif » macronien).

La décision prise par Justin Trudeau, au Canada, de confisquer les biens de ceux qui avaient soutenu les convoyeurs, les sanctions prises en Occident contre des citoyens russes, consistant à leur confisquer leurs biens sous prétexte qu'ils soutenaient Vladimir Poutine, tout cela a montré comment notre Occident prétendument libéral était capable de fouler aux pieds le droit de propriété au nom de considérations d'opinion.

De ce point de vue, entre Philippe le Bel qui, au début du XIVe siècle, persécute les Juifs et les Templiers pour les spolier et financer son déficit, et l'Occident d'aujourd'hui, la parenté est flagrante.

Ce glissement brutal dans la tyrannie a constitué une révélation pour tous ceux qui n'étaient pas vaccinés. Beaucoup ont été forcés de subir à contrecœur une injection pour conserver leur emploi. D'autres ont été soudain exclus des salles de concert, des bibliothèques, des hôpitaux, qu'ils étaient pourtant obligés de financer par l'impôt.

Tous ceux-là ont compris que leur intérêt était de rejoindre la sécession fiscale, c'est-à-dire de ne plus consentir à un impôt qui les spolie sans contrepartie.

La sécession fiscale, une arme de désobéissance civile

Rappelons-le, le consentement à l'impôt est la base de la démocratie. Entamer une grève de l'impôt est le premier acte de résistance contre la tyrannie.

Je suis souvent interrogé sur les meilleures façons de mener le combat contre un État liberticide, au-delà des préconisations « pacifiques » et bienveillantes de la sécession.

La première réponse que j'apporte à ces questions, c'est de dire qu'il faut tout faire pour ne plus financer l'État qui vous opprime. Il faut limiter à tout prix les impôts que vous lui payez, et il faut utiliser tous les dispositifs légaux et réglementaires pour le priver de ses ressources.

Je sais que beaucoup ont l'illusion qu'ils pourraient mener ce combat difficile sans effort, notamment sans rien changer dans leur existence et dans leur mode de vie. C'est, selon moi, une forme de paresse que de le croire. On ne gagne pas une guerre contre son État sans payer de sa personne, ni sans sortir de sa zone de confort.

En matière de sécession fiscale, diminuer sa consommation, et spécialement sa consommation non indispensable, est le premier acte à poser, car il fait mécaniquement baisser les recettes de TVA. Beaucoup de Français imaginent que le principal impôt en France est l'impôt sur le revenu. C'est faux, bien entendu. La taxe sur la valeur ajoutée rapporte en moyenne 50 % de plus que l'impôt sur le revenu.

Une bonne façon d'appauvrir l'État et de le mettre en difficulté consiste donc à devenir frugal, à démonétiser au maximum ses échanges, à développer le don ou le troc, pour éviter que le gouvernement ne prélève sa dîme sur chaque transaction.

Autant dire que la sécession fiscale peut se transformer en arme puissante de désobéissance civile, si elle vise à ne plus acheter, et tout particulièrement à ne plus acheter de biens taxés à 20 % sur leur valeur ajoutée.

Parmi ceux-ci, on trouve le matériel hi-fi, les téléphones portables, l'électro-ménager, et aussi les coiffeurs. Si vous décidez de ne pas changer votre téléphone portable l'an prochain, si vous renoncez à acheter le mixer de vos rêves, si vous achetez une tondeuse pour vous passer des visites chez le coiffeur, vous livrerez un premier combat utile contre la tyrannie.

Comprendre la logique de l'impôt… et son instabilité

Pour mener à bien la sécession fiscale dans son intégralité, il faut toutefois se souvenir d'un principe fondateur de l'impôt que peu de Français ont compris.

Naïvement, on peut imaginer que l'État fonctionne comme un ménage : on part de ses recettes pour connaître ses dépenses, et on ne dépense pas plus qu'on a. En réalité, l'État fonctionne à l'inverse : il part de ses besoins, qui sont sans cesse grandissants, pour calculer l'impôt dû par les Français.

Lorsque la facture présentée au pays réel est trop lourde, l'État recourt à la dette. Mais cette solution n'est praticable que si et seulement si la banque centrale le permet, ce qui n'est pas le cas à toutes les époques. Je ne m'étendrai pas ici sur les questions de politique monétaire, mais la séquence dite de « *Quantative Easing* », c'est-à-dire d'argent peu cher, ouverte après la crise grecque par la banque centrale en Europe, à l'unisson des autres banques centrales du monde, ne peut qu'être de courte durée. Elle est d'ailleurs en train de se refermer.

Dans les mois qui viennent, l'État en France sera condamné soit à réduire son train de vie, faute de pouvoir s'endetter indéfiniment, soit à augmenter fortement les impôts pour préserver le niveau de vie de ses cohortes de fonctionnaires.

Si la sécession fiscale que nous proposons, et que nous détaillons ici, devait prospérer, l'État utiliserait son arme habituelle : l'instabilité fiscale, c'est-à-dire les changements fréquents de règles du jeu, pour continuer à remplir ses caisses malgré l'adversité. C'est, pour l'armée des fonctionnaires, une question de vie ou de mort. Il faut que l'argent rentre pour payer les salaires, les retraites, les bureaux, les ordinateurs, les fournitures, les véhicules de fonction.

Ajoutons que, depuis une bonne trentaine d'années, nos gouvernements décadents ont fait le choix de développer, en plus d'un État obèse, les aides sociales pour acheter la tranquillité publique. Lorsque la rue grogne trop contre l'incompétence de ses dirigeants, ces dirigeants décident de créer une nouvelle allocation qui permet de faire momentanément taire la foule.

Ce sont autant de dépenses nouvelles, qui font rapidement boule de neige, à cause desquelles l'État s'endette et augmente les impôts ou en invente de nouveaux lorsque les contribuables ont adapté leur comportement aux anciens impôts devenus trop lourds.

L'abus de droit fiscal, une machine infernale

L'instabilité fiscale rend la sécession plus compliquée, car les conseils donnés à un moment précis deviennent caduques lorsque les règles changent. Il faut donc régulièrement adapter sa stratégie pour limiter les impôts payés à l'État.

Pour ralentir cette course permanente à l'optimisation fiscale, le ministère des Finances a inventé quelques concepts redoutables, à commencer par l'abus de droit fiscal, qui consiste à pénaliser les montages financiers respectueux du Code Général des Impôts mais dont le but est supposément d'échapper à l'impôt. Autrement dit, au nom de l'abus de droit fiscal, vous pouvez être sanctionné et condamné sans avoir violé la moindre disposition légale, mais simplement parce que le ministère des Finances considère que vous ne payez pas assez d'impôt au regard de vos revenus.

D'une certaine façon, l'abus de droit fiscal consiste donc, pour le ministère des Finances, à dire que, quelles que soient les règles édictées, vous devez payer un impôt proportionné à vos revenus, même si aucune règle ne l'a prévu.

Sauf à vouloir entrer dans une guerre judiciaire perdue d'avance, les pratiquants de la sécession fiscale se souviendront donc qu'ils doivent faire preuve de mesure, d'astuce, de prudence, et surtout d'agilité. Il faut savoir s'adapter rapidement aux dispositions légales, et il faut faire attention à ne pas sombrer dans ce que les services fiscaux considéreraient comme une provocation manifeste pour échapper à la patrouille.

Je pense ici à tous ceux qui déclarent très peu de revenus et publient sur Facebook des photos de leur Ferrari ou de leur yacht de luxe amarré à Saint-Tropez. Il se trouve que, depuis trois ans, le législateur a autorisé les services fiscaux à collecter des données personnelles sur les réseaux sociaux, pour vérifier que les trains de vie affichés étaient cohérents avec les revenus déclarés.

Ne perdez pas de vue, donc, que vous avez face à vous des enragés de l'impôt qui sont prêts à débusquer tous les suspects de fraude, y compris en écumant les photos intimes sur les réseaux.

Ce que nous préconisons ici n'est pas la fraude, c'est-à-dire la violation des règles, mais l'optimisation, c'est-à-dire le respect des règles dans votre intérêt bien compris. Donc, ne trichez pas sur vos revenus, apprenez simplement à les percevoir autrement, ou à les déclarer autrement. Et évitez de faire les fanfarons : cela ne vous attirera que des ennuis.

Le travail est toujours payant… pour le fisc !

Ce préambule étant fait, il faut poser un principe simple à comprendre : le fisc aime inventer des impôts qui rapportent beaucoup sans trop d'efforts. C'est pourquoi la CSG s'est beaucoup développée depuis les années 2000, et c'est pourquoi l'impôt sur le revenu est inventé pour les salariés, surtout prélevé à la source : ce sont eux qui sont les plus faciles à « contrôler » et à spolier.

Autrement dit, si vous espérez pratiquer la sécession fiscale en étant un salarié « ordinaire », appartenant plutôt à la classe moyenne et bénéficiaire d'un contrat dans une grande entreprise, vous allez rencontrer beaucoup plus de difficultés que si vous êtes un salarié pauvre ou un indépendant. Le système fiscal est en effet conçu pour vous, pour vous tondre la laine sur le dos, et ne vous laisse que très peu d'échappatoires.

Sur ce point, je vous conseille de vous méfier des solutions de « défiscalisation » promises par les promoteurs immobiliers avec des dispositifs en apparence financés par l'État, qui consistent à faire des investissements locatifs sur plan. Ce sont les fameux Scellier, de Robien, Duflot, et autres, dont le principal mérite est d'enrichir les banques.

Ces dispositifs reposent en effet sur la défiscalisation des intérêts d'emprunt : les banques en profitent pour se gaver, en finançant des achats qui sont généralement vendus à des prix très supérieurs au marché réel. Pour ne pas être plumés par le fisc, vous serez donc plumé par votre banquier !

Bref, une évidence s'impose. Si vous souhaitez mener une vraie sécession fiscale, vous avez deux impératifs devant vous : réduire votre consommation pour payer le moins de TVA possible, et opter pour un statut autre que celui de salarié.

Je reviendrai dans le chapitre suivant sur ce dernier

aspect, qui se justifie aussi du point de vue de la sécession sociale. Mais en l'état, je dois vous prévenir que la sécession fiscale menée à son terme a assez naturellement un impact sur votre destin professionnel.

De temps à autre, je lis des messages de fonctionnaires qui me demandent comment pratiquer la sécession fiscale. J'évite de leur répondre trop brutalement, mais il y a un sujet de cohérence premier : il est difficile de pratiquer la sécession, surtout la sécession fiscale, si l'on vit grâce à l'impôt et si l'on est chargé, au jour le jour, d'appliquer les directives d'un État qu'on prétend combattre.

Le bon sens est alors de changer de métier.

Le mariage, ce chas d'aiguille à méditer

Si vous êtes marié, et que vous n'êtes pas couvert de dettes pour les vingt années à venir parce que vous n'en finissez pas de rembourser votre appartement, il existe toutefois un trou de souris ou un chas d'aiguille où vous pouvez passer en pratiquant une forme « dégradée » de sécession fiscale. Elle consiste à bien calculer la trésorerie mensuelle dont vous avez besoin, et à limiter les salaires perçus dans le couple à cette somme.

Concrètement, supposons que vous ayez besoin de 2500 € par mois pour vivre et que l'un des deux conjoints ait un salaire de 2800 €, il est possible d'imaginer que ce conjoint continue à travailler comme si de rien n'était, mais que l'autre conjoint cesse de travailler en mode salarial, pour gagner sa vie autrement.

L'intérêt de cette formule est de limiter le revenu imposable, voire d'atteindre l'exonération d'impôt sur le revenu. C'est assez facile à obtenir, surtout si l'on a des enfants.

Dans cette hypothèse, le conjoint qui renonce à sa vie de salarié peut entamer une reconversion professionnelle comme artisan ou comme travailleur indépendant, à condition qu'il crée une société par actions simplifiée (SAS). Cette formule lui permet de créer de la valeur qui peut échapper à l'impôt.

Comment être indépendant et ne pas payer d'impôt sur le revenu

Il faut en effet comprendre que l'État n'impose que le revenu perçu, et non le revenu latent. Donc, si votre SAS dégage des bénéfices que vous ne vous versez pas, vous ne payez que l'impôt sur les sociétés (mais, là encore, il y a des astuces pour en limiter l'importance), qui est de 15 % pour les bénéfices inférieurs à 38 000 € et à 25 % au-dessus de cette somme (en 2022).

Cela peut donc valoir le coup, si l'un des deux conjoints a un savoir-faire monnayable dans le secteur privé, de le proposer dans le cadre d'une SAS plutôt que d'un contrat de salarié. Mécaniquement, cela permet de limiter l'imposition de la valeur.

Mais cette formule n'a de sens que si et seulement si vous n'avez pas besoin de ces sommes en trésorerie. Dans ce cas, la combinaison des deux statuts (salarié disposant d'un salaire juste au seuil d'imposition et indépendant « retenant » sa plus-value) peut vous faire économiser beaucoup d'impôts sans nuire à votre niveau de vie.

Je sais que, pour les gens qui « débarquent », ces propositions ont quelque chose d'anxiogène parce qu'elles projettent dans un monde qu'ils ne connaissent et qui est associé au risque. De fait, lorsque moi-même j'ai passé mon premier mois sans recevoir une fiche de paie, je me suis senti tout chose : en vingt ans de vie professionnelle, cela ne m'était jamais arrivé de finir un mois sans un virement sur mon compte en banque !

Passer ce cap est un véritable apprentissage, qui n'est pas forcément donné à tout le monde. C'est la fable du loup et du chien de La Fontaine : la liberté n'a pas de prix, mais elle a un coût, celui d'une certaine angoisse du lendemain, et du stress de l'entrepreneur face à son chiffre d'affaires.

Dans l'imaginaire de gauche, l'entrepreneur est un faiseur, un imposteur, qui s'enrichit sur le travail de ses salariés et n'apporte rien à l'entreprise. Dans la vraie vie, les choses sont un peu différentes : l'entrepreneur est un homme qui prend des risques personnels, et qui mouille la chemise pour gagner sa vie, dans des proportions que peu de salariés sont prêts à accepter.

Pour un couple marié de salariés, une démarche de sécession fiscale est donc possible à condition que l'un des deux conjoints prennent des risques et que le couple assume cette nouvelle vie qui est en réalité beaucoup plus compliquée qu'on ne l'imagine souvent.

Passer d'une logique de revenus à une logique de trésorerie

En réalité, pour entamer sa sécession fiscale, il faut remettre en cause sa compréhension d'expressions comme « gagner sa vie » ou « avoir des revenus ».

C'est une démarche à rebours de ce que l'ordre social nous pousse à accepter ou à suivre. Ordinairement, nous sommes plutôt invités à gagner notre vie de façon linéaire, à avoir des revenus fixes, qui augmentent avec notre « ancienneté » et qui suivent une carrière professionnelle ascendante.

La sécession fiscale est en rupture avec ce schéma.

Elle se cale surtout sur le combat financier contre l'État, et sur la maîtrise que nous pouvons garder de la valeur que nous créons. Mieux vaut gagner 2000 € sans impôts que 3000 € avec 1500 € d'impôts mensuels.

L'étalon de cette logique n'est donc plus le revenu mensuel versé par un employeur, mais la valeur nette créée, même si elle n'est pas empochée tout de suite.

Il se peut en effet qu'un entrepreneur ne se verse jamais les dividendes correspondants à ses bénéfices, et qu'il les thésaurise jusqu'à la cession de son entreprise, ou (ce qui est plus naturel et plus courant) qu'il les réinvestisse dans une nouvelle entreprise.

Tout cela est tout à fait légal, et permet de ne pas travailler pour engraisser l'État de façon mécanique. C'est, selon moi, le pari le plus intelligent que des amis de la sécession puissent réaliser.

La question de l'expatriation

J'ai donné ci-dessus de premières pistes pour entrer en voie de sécession fiscale. J'en donnerai bien d'autres, au fil du temps, aux abonnés du *Courrier des Stratèges*.

D'ici là, je ne peux pas ne pas traiter la question sensible de l'expatriation qui obsède beaucoup de Français.

Sur ce point, il est vrai que certains pays acceptent de reconnaître une citoyenneté à des non-résidents, avec une fiscalité sur le revenu particulièrement favorable. C'est par exemple le cas du Costa-Rica, en Amérique Centrale, qui attire beaucoup de Français pour cette seule raison qu'il est un paradis fiscal doré.

Sur le principe, je n'apprécie guère cette formule qui consiste à quitter son pays lorsque tout va mal. Cela n'est ni conforme à mes valeurs, ni dans la continuité de mon passé familial. Mais je peux comprendre que certains préfèrent « tout plaquer » pour vivre ou essayer de vivre heureux ailleurs.

À ceux-là, je me permets de donner quelques conseils glanés auprès d'expatriés, et vécus moi-même puisque j'ai quitté mon pays à 17 ans.

Le premier point, c'est qu'on ne mesure jamais assez le lien affectif que l'on a tissé patiemment avec sa patrie. Il faut la quitter pour mesurer le manque et l'importance de la relation affective que l'on peut avoir avec sa terre à moins, bien entendu, d'être un apatride qui se sent plus chez lui à New-York à Berlin qu'en Picardie, comme je ne sais plus quel fils à papa mondialisé.

Le deuxième point tient à la distance entre la représentation idéalisée d'un pays sur papier glacé et l'expérience réelle qu'on y vit. Tant qu'on y va en vacances, tout est beau, tout est parfait. Quand on s'installe sur place, les problèmes commencent et la difficulté de l'intégration se fait sentir.

C'est particulièrement vrai dans des pays exotiques et éloignés qu'on croyait être des havres de paix. S'y rendre non en touriste mais en nouvel habitant est souvent une gageure. Dans le meilleur des cas, les deux ou trois premières années sont idylliques, mais la vie locale peut tourner au cauchemar lorsqu'un coup d'État installe un gouvernement tyrannique, ou lorsque la corruption se durcit et qu'il faut laisser entreprise et maison derrière soi pour échapper à une vendetta.

Dans tous les cas, il faut se souvenir que, dans l'hypothèse où votre situation se corserait, vous devrez soutenir un procès dans la langue locale, ce qui est un peu plus compliqué que dans l'anglais de cuisine que vous avez l'habitude de baragouiner.

Je suis donc pour ma part très sceptique vis-à-vis des expatriations dont le seul motif est fiscal.

IV. RÉUSSIR SA SÉCESSION SOCIALE

J'appelle sécession sociale le fait de « sortir » du grand système de contrôle social, instauré au nom de la protection des assurés et appelé en France sécurité sociale. Ce disant, je n'ignore pas que je brise ici l'un des grands tabous français, tant ce dispositif de protection est sacralisé par beaucoup et assimilé à tort à l'un des héritages de la lutte victorieuse contre le nazisme (rien n'est plus faux puisque le régime de retraite par répartition appelé CNAV fut mis en place par Vichy en 1941, à l'instigation de ceux qui, sous De Gaulle en 1944, créeront son pendant pour la santé, ou plutôt pour la maladie).

Mais, au fil des décennies, le vrai visage de la sécurité sociale, dissimulé sous le masque de la protection, apparaît de façon de plus en plus flagrante : celui d'un mécanisme de surveillance obligatoire et de soumission aux projets sanitaires fomentés par la caste mondialisée. Durant tout le confinement, l'assurance-maladie s'est comportée comme le bras armé du *Great Reset* pour imposer le confinement d'abord, pour imposer le vaccin ensuite, au mépris des lois adoptées jusqu'alors, et en foulant allègrement aux pieds toutes les règles de protection de la vie privée.

Preuve est faite aujourd'hui que, derrière l'apparence positive de la protection, la sécurité sociale est un outil dangereux d'oppression imposé par l'État pour nous faire entrer au chausse-pied dans un projet totalitaire que nous ne pourrons esquiver qu'en pratiquant notre sécession.

Pourquoi il est urgent de pratiquer la sécession sociale

Je lis souvent des commentaires sous la plume des complotistes (on les appellera de cette façon, par commodité, mais sans bien entendu croire un seul instant que ce mot fourre-tout n'ait le moindre sens précis en dehors de la diabolisation artificielle dont ils font l'objet de la part de la caste mondialiste) l'expression d'une conviction : des gouvernements ultra-libéraux priveraient la sécurité sociale et l'hôpital public des moyens nécessaires à leur fonctionnement, dans le seul but de les empêcher de fonctionner et de justifier leur privatisation.

Ce point de vue débordant d'imagination ne repose évidemment sur rien d'autre que la croyance naïve selon laquelle la sécurité sociale serait une sainte institution, une entité providentielle créée par un dieu moderne, qui serait en charge de notre salut. Car il suffit d'égrener les lois de financement de la sécurité sociale chaque année pour comprendre que les sommes allouées à notre « protection » ne cessent d'augmenter année après année, dans des proportions généralement plus élevées que la richesse nationale.

Simplement, comme la protection sociale n'est pas conçue pour nous protéger, mais pour nous surveiller, l'essentiel des moyens qui lui sont alloués sont engloutis par la bureaucratie qui l'encadre au détriment des soins ou des services qu'elle rend effectivement.

Cette bureaucratisation a connu une accélération folle à l'occasion de la crise du COVID, avec une augmentation brutale des pouvoirs des autorités régionales de santé (qui ne font pas partie de la sécurité sociale stricto sensu), et surtout une transformation complète de l'assurance maladie en outil d'oppression. D'une part, l'assurance maladie est devenue l'opérateur du contact *tracing*, voire *tracking*, liberticide mis en place dans le cadre du *Great Reset* (ce qui explique que des assurés ont reçu des messages de l'assurance-maladie les avertissant qu'ils étaient cas contact parce qu'une personne malade les avait dénoncés). D'autre part, l'assurance-maladie a fait un excès de zèle systématique dans la mise en place du passe vaccinal et de la vaccination obligatoire, continuant à percevoir les cotisations de ceux qui étaient peu ou prou exclus des hôpitaux publics que ces cotisations servaient à financer.

Je pense ici tout particulièrement aux médecins non-vaccinés que l'assurance-maladie a persécuté en toute illégalité, et sans respecter les procédures prévues par le code de la sécurité sociale.

Bref, toutes les concessions que nous avons aceptées benoîtement sur notre vie privée, sous le prétexte que l'opérateur de santé publique obligatoire nous «protégeait», se sont transformées en piège pour nos libertés. Tous ceux qui refusaient le vaccin étaient priés de financer un système dont ils étaient de fait exclus, sans possibilité de bénéficier d'un système alternatif.

Des dangers de rompre brutalement avec la sécurité sociale

Assez logiquement, il nous semble que le moment est venu de rompre avec cette prétendue solidarité obligatoire et monopolistique, qui agit comme un redoutable service de surveillance de la population.

Malheureusement, cette lutte est entravée par une disposition légale qui pénalise les appels à ne plus payer ses cotisations de sécurité sociale. Un appel de ce genre peut justifier une peine de 2 ans de prison et une amende de 30 000 €. En outre, le refus de s'affilier peut être puni de six mois d'emprisonnement et de 15 000 € d'amende...

Nous commencerons donc ce chapitre en rappelant l'importance qu'il y a de s'affilier à la sécurité sociale, et les risques qu'il y a à se soustraire à cet exercice.

Au demeurant, nous recommandons à tous de se tenir éloignés des arguments juridiques vides de sens, mais financièrement rentables pour ses fondateurs, développés par le Mouvement Pour la Libération de la Protection Sociale (MLPS) et ses successeurs, fondé par Claude Reichman, qui a mis en difficulté beaucoup de naïfs convaincus que ce vieux dentiste pipait mot au droit et leur voulait du bien. Moyennant quelques centaines d'euros, Reichman fournissait de vieux polycopiés truffés d'âneries à des médecins et des travailleurs indépendants convaincus qu'ils avaient trouvé la baguette magique pour échapper à la sécurité sociale.

C'était évidemment une arnaque, et je conseille formellement à mes lecteurs de ne pas tomber dans un piège tapissé de formules magiques comme « directive assurance » et autres balivernes qui ont fait croire à des gens sincères qu'il suffisait de torcher un courrier-type à son régime de sécurité sociale pour ne plus payer ses cotisations. Beaucoup ont fait, à la suite de cet abus de confiance, la cuisante expérience de (feu les) tribunaux de sécurité sociale qui les ont sommés de payer de fortes sommes.

À ma connaissance, très peu d'indépendants ont trouvé le sésame pour échapper au racket social. Comme ce sujet est complexe, je l'évacuerai dans le cadre de cet ouvrage, et je me contenterai d'évoquer les grands cas possibles de « libération », qui sont surtout des cas d'optimisation sociale.

Pour le reste, le droit de la sécurité sociale est suffisamment compliqué, tout en restant flou, pour que chacun puisse trouver une part de bonheur dans les lignes qui vont suivre.

En particulier, il faut bien se souvenir qu'être affilié à la sécurité sociale ne signifie pas forcément en être un cotisant, mais peut signifier en être bénéficiaire dans certains cas, mais pas dans tous. Ce sujet sensible a été passablement obscurci, et on le regrettera, par Charles Prats, magistrat de son état, donc non-cotisant de la sécurité sociale, qui a confondu indistinctement ces notions distinctes... et a agité de nombreux fantasmes, en oubliant de dénoncer la première des fraudes : la non-affiliation des fonctionnaires et des magistrats au régime général.

Le malheur d'être salarié

Pour introduire le sujet général de la sécession sociale, il faut redire et même marteler, comme dans le cas de la sécession fiscale, qu'il y a une population particulièrement défavorisée pour l'exercer : ce sont les salariés, véritables vaches à lait d'un système inventé pour les plumer en contrepartie d'une maigre protection qui se réduit d'ailleurs année après année.

En fait, la sécurité sociale fut inventée pour protéger les travailleurs salariés, à partir d'une cotisation prélevée sur les salaires, payée pour partie par les salariés et pour partie par les employeurs. Telle est l'origine même du système dit « bismarckien », que la France a adopté à partir de 1941 en remplacement du système mutualiste qu'elle pratiquait jusque-là, et qui n'était financé que par les salariés.

La notion de sécurité sociale est donc consubstantielle à la notion de salarié. Si vous appartenez, comme 20 millions de Français, à cette catégorie de personnes, il y a peu de chance que vous puissiez pratiquer la sécession sociale.

On peut en dire autant des fonctionnaires, et des retraités, bien entendu, qui sont en quelque sorte captifs de leur situation et n'ont guère d'échappatoire pour l'éviter.

Les populations qui peuvent faire une sécession sociale

Dans la pratique, très peu de segments de la population peuvent réellement pratiquer la sécession sociale.

Pour faire simple, j'en distinguerai quatre, que je présenterai ensuite une à une.

1) La première population qui peut pratiquer la sécession sociale est celle des Français expatriés, qui peuvent adhérer à un régime étranger (par exemple celui du pays où ils vivent...) ou à la Caisse des Français de l'étranger, organisme privé mais sous tutelle de Bercy.

2) La deuxième population est celle des rentiers au sens large, c'est-à-dire tous ceux qui, vivant en France, ne subsistent pas grâce à un revenu d'activité, mais grâce aux revenus d'un capital ou de leur patrimoine (nous aborderons la sécession patrimoniale dans le chapitre suivant).

3) La troisième population est celle des travailleurs pauvres qui, faute d'un revenu suffisant, empilent les avantages sociaux de telle sorte qu'ils bénéficient plus de la solidarité qu'ils n'y contribuent.

4) La quatrième population, sur laquelle je conclurai ce chapitre, est celle des auto-entrepreneurs, ou micro-entrepreneurs, qui optimisent leur contribution à la sécurité sociale plus qu'ils n'y échappent, et qui peuvent constituer une issue intéressante

pour de nombreux salariés grugés par le système.

La sécession par l'expatriation

Première catégorie, donc : les Français qui s'expatrient, soit pour exercer une activité hors de France, soit pour profiter d'une paisible retraite dans un pays où les prix sont moins élevés qu'en France.

Ceux-là pratiquent la sécession sociale parce que la règle de base qui s'appliquent à eux est celle de l'affiliation au régime de leur nouveau pays, et la fin de leur sujétion à la contribution sociale généralisée. Si ce régime local est déficient, les assurés peuvent choisir de cotiser en plus à la Caisse des Français de l'Etranger, qui leur donne accès aux mêmes prestations que les Français, pour un coût généralement moindre.

Cette solution peut donc valoir le coup, mais il faut bien la préparer.

Personnellement, je ne la conseille pas en premier choix, pour deux raisons :

1) la première est que je conseille de combattre en France tant que c'est possible plutôt que d'abandonner son pays,

2) la deuxième est que l'installation à l'étranger est facile sur le papier, mais plus compliquée dans la réalité.

J'ai ici le souvenir de ces moments où, installé en Grèce pour quelques mois, j'étais fatigué des boîtes de nuit d'Athènes, de la féta et des feuilles de vigne farcies. J'aurais donné cher pour entendre parler français autour de moi, et pour manger une bonne saucisse purée comme au pays.

La France est un pays difficile à oublier. On ne le dira pas assez, mais il est plus facile de s'expatrier quand on est luxembourgeois ou hollandais que quand on est français.

On fera par ailleurs, au cas par cas, attention au régime d'assujettissement à la CSG des revenus perçus en France par des non-résidents, arlésienne des contentieux socio-fiscaux dont la réglementation change régulièrement.

La sécession sociale par la rente

Les bénéficiaires d'un revenu du capital le savent bien : en dehors de la contribution sociale généralisée, les revenus du capital ne sont pas taxés en

France tant qu'ils ne sont pas versés sous forme de dividendes à une personne physique.

Autrement dit, si vous avez de l'argent de côté, ou si vous vous organisez pour vivre avec les revenus d'un patrimoine défiscalisé, vous échappez au racket de la sécurité sociale.

C'est l'avantage paradoxal du rentier : il ne cotise pas à la sécurité sociale, et il en est néanmoins ayant-droit par l'intermédiaire de la protection universelle maladie (PUMA).

Le pouvoir exécutif est parfaitement conscient de cette « originalité » très française. Il l'a combattue en prévoyant de taxer le patrimoine de ceux qui déclarent un revenu d'activité (ou des dividendes) inférieurs à 10 % du plafond annuel de la sécurité sociale, soit environ 4000 €.

Toutefois, ce dispositif de taxation du patrimoine suscite un important contentieux et il est très probable que ses modalités d'application change dans les années à venir.

Je reviendrai dans mon chapitre sur la sécession patrimoniale sur quelques aspects de la constitution du patrimoine. Beaucoup imaginent que cela est réservé aux « riches » bien nés. C'est assez faux : tout dépend de ses besoins.

La sécession sociale par la rente vous est peut-être plus accessible que vous ne le pensez.

La sécession sociale par la redistribution

Une autre façon de faire sécession est de bénéficier d'un revenu d'activité suffisamment bas pour retirer plus de revenus de la solidarité que de contribution à celle-ci.

Instinctivement, c'est le choix opéré par les chômeurs qui préfèrent rester au chômage plutôt que de travailler pour un salaire à peine supérieur à l'allocation qu'ils touchent. Dans leur logique, il y a bien l'idée que, quitte à être soumis à un dispositif de solidarité obligatoire, mieux vaut en tirer profit plutôt que de le financer.

Cette logique est particulièrement vraie depuis que le gouvernement a massivement remplacé les cotisations salariales par la contribution sociale généralisée. Dans la pratique, le coût de la sécurité sociale repose essentiellement sur les employeurs, et les salariés apportent leur part grâce à la contribution sociale généralisée.

Dans sa manie de multiplier les exceptions aux règles qu'il pose (exceptions généralement incompréhensibles, ou labyrinthiques), le législateur a prévu qu'un particulier qui déclare moins de 11 500 € par an seul, ou 17 500 € en couple, est exonéré de CSG. Ces conditions de revenus font que les mêmes personnes « déclenchent » une série de dispositifs de solidarité compte tenu de leurs revenus, notamment pour pouvoir se loger.

Les gens astucieux n'hésiteront donc pas à approfondir la connaissance des règles pour les adapter à leur situation et financer le moins possible la sécurité sociale. On fera toutefois attention à un point : en cas de passeport vaccinal, beaucoup d'élus ont eu l'obsession de subordonner l'attribution des prestations sociales à la vaccination. Cette tendance totalitaire peut constituer un ennui majeur si vous avez pour projet de vous contenter de revenus d'activités faibles.

Optimisation sociale plutôt que sécession sociale

Je voudrais clore ce chapitre par un point plus approfondi sur une solution permise par une réforme malicieuse adoptée par Emmanuel Macron, celle des micro-entrepreneurs, nouveau nom des auto-entrepreneurs. C'est une solution vraiment intéressante quand on sait bien l'utiliser, et qui permet une véritable optimisation sociale à ne pas négliger.

Depuis le 1er janvier 2019, les micro-entrepreneurs sont en effet assujettis à des cotisations totales, pour financer leurs prestations sociales, de 12,8 % seulement s'ils proposent un hébergement, ou de la revente (ou de la fourniture de denrées), et de 22 % pour les autres activités commerciales et les activités libérales.

Ce taux est particulièrement avantageux, puisqu'il est inférieur de plus de 50% aux taux pratiqués pour les autres statuts.

Cette réforme fait donc réfléchir, puisque le statut de micro-entrepreneur est très souple et ouvert à de nombreuses activités.

On relèvera en particulier que l'on peut-être consultant, coach, professeur, restaurateur, plombier, ébéniste, et bien d'autres encore, sous ce statut.

Pourquoi vous dis-je que ce statut est intéressant ?

Si vous êtes salarié, transformer votre contrat de travail en contrat de prestation avec votre employeur peut être tout à fait fructueux pour lui... et pour vous. Si vous êtes payé 2500 € nets aujourd'hui, vous coûtez à peu près 5000 € par mois à votre employeur. Supposons que votre employeur vous propose de vous payer 4000 € par mois sur facture de micro-entreprise, il vous restera 3200 € de revenus après cotisations sociales, ce qui vous fait une belle augmentation de revenus, et vous lui faites économiser 1000 € par mois.

C'est donc un deal tout à fait intéressant pour les deux parties.

Ce faisant, vous réalisez une excellente opération sociale dans cette histoire, puisque, pour la maladie, vous serez pris en charge comme un salarié ordinaire.

La réforme introduite en 2019 vous ouvre donc une porte sur une renégociation de votre statut. Arrêtez de vous faire pigeonner par la sécurité sociale en exécutant un contrat de travail. Vendez plutôt vos prestations à votre employeur, qui va devenir votre client.

Micro-entreprise et chômage

Je n'aborderai pas dans le cadre de cet ouvrage la longue question de la jurisprudence transformant un rapport de sous-traitance en contre de travail déguisé. Je pars ici du principe que le dispositif s'applique avec la bonne volonté des deux parties.

En revanche, je voudrais répondre à la question du chômage et du préavis de rupture en cas d'interruption de la collaboration entre votre employeur devenu votre donneur d'ordre.

Ce point effraie toujours beaucoup les gens, mais il me semble qu'il doit être minimisé.

Premier point : que vous soyez sous-traitant plutôt que salarié ne change pas grand chose à l'affaire. Si votre employeur vous se passer de vous, il ne manque pas de moyens pour le faire dans l'hypothèse où vous détenez un contrat de travail. Au pire, l'interruption du contrat lui coûtera plus cher que l'interruption de la prestation que vous effectuez pour lui, mais votre gain de pouvoir d'achat vous permet de vous « indemniser » en dégageant de l'épargne pendant la période où vous travaillez pour lui.

Surtout, il me semble qu'il faut penser la relation de travail dans toutes ses dimensions. Il est vrai qu'il est plus facile pour un donneur d'ordres de se passer d'un fournisseur que pour un employeur de se passer d'un salarié (formellement en tout cas). Mais, inversement, il est aussi plus facile pour un fournisseur de changer de donneur d'ordres que pour un salarié de changer d'employeur.

Dans un univers où des centaines de milliers d'emplois sont vacants, cette solution avantage le fournisseur ancien salarié, parce que, en faisant jouer la concurrence, il peut assez facilement négocier des augmentations de contrat, ce qui est plus compliqué quand on est salarié.

Micro-entreprise et vaccins

En outre, il me semble qu'il existe un avantage supplémentaire à la micro-entreprise comparée au contrat de travail. On l'a vu avec la loi du 5 août 2021 sur l'obligation vaccinale : le législateur donne un véritable pouvoir coercitif à l'employeur pour exiger un schéma vaccinal auprès de ses salariés.

Ce pouvoir est beaucoup moins net

V. LE B. A.-BA DE LA SÉCESSION PATRIMONIALE

J'entends par sécession patrimoniale la stratégie de placement qui consiste à mettre son patrimoine à l'abri des turbulences causées par le nouvel ordre mondial et surtout qui consiste à ne plus nourrir l'expansion de cet ordre.

En ce sens, la sécession patrimoniale répond à deux questions extrêmement différentes, même si elles se recoupent, et même si nous décidons de les traiter en même temps. D'une part, il s'agit d'anticiper un effondrement global dû au chaos que la caste instaure pour continuer à gouverner. D'autre part, il s'agit de priver cette caste et son système de gouvernement des moyens nécessaires à son expansion, et même à sa survie.

La caste et la question de la confiscation

En préambule, il faut que chacun mesure bien ce à quoi nous avons assisté ces derniers mois, à quels changements majeurs dans les règles de jeu applicables au droit de propriété.

D'un côté, la mise en place de l'obligation vaccinale s'est assortie d'une interdiction d'exercer sans indemnité pour les non-vaccinés dans certaines professions. Des médecins ont dû fermer sans préavis ou presque, du fait des lois, des cabinets prospères, avec du matériel coûteux qu'ils n'avaient pas forcément fini de rembourser. Le gouvernement n'a prévu aucune indemnité, même pour les pertes patrimoniales causées par cette mesure.

Il est inédit, dans l'histoire de la démocratie libérale, que ce type de mesure soit adopté sans indemnité. Rappelons que le premier statut des Juifs, en octobre 1940, avait prévu une indemnisation des Juifs exclus de certaines professions.

D'un autre côté, les derniers mois ont montré la capacité de nos démocraties prétendument libérales à geler ou confisquer des biens sans état d'âme.

Au Canada, Justin Trudeau a pris des mesures d'exception pour neutraliser le mouvement des camionneurs qui encerclait Toronto. Il a notamment autoritairement bloqué les comptes bancaires des plus activistes, démontrant de cette manière que le régime libéral qu'il prétend incarner était capable de passer outre le droit de propriété dès lors qu'il s'applique à ses opposants.

Les sanctions massives prises contre des citoyens russes ou des biens russes après l'invasion de l'Ukraine ont banalisé cette idée que l'État disposait du droit de bloquer ou de confisquer le patrimoine des personnes dès lors qu'elles étaient jugées coupables par le pouvoir, sans qu'elles n'aient pour autant commis de délit.

Autrement dit, la conviction s'est répandue, sans véritable opposition dans la caste, qu'acquérir honnêtement un patrimoine tout au long de sa vie ne s'accompagnait plus du droit de le conserver. L'État pourrait donc confisquer, comme dans n'importe quel régime totalitaire, et sans que la Justice ne s'y oppose, les biens de ceux qui font usage de leurs droits naturels dans un sens qui ne convient pas au gouvernement.

Il se murmure par ailleurs que la Commission Européenne préparerait une directive pour faciliter ces confiscations.

Rien n'exclut donc que, dans les mois à venir, refuser de recevoir un vaccin, par exemple, ne s'accompagne d'une confiscation administrative de votre patrimoine, d'un blocage de vos comptes en banque, ou d'un gel, voire d'une spoliation de vos avoirs financiers. Le travail de préparation mentale pour faire admettre ce type de mesure à la population a commencé depuis plusieurs mois, et tout obstacle moral semble désormais dégagé pour que le bourgeois moyen se déclare favorable à ces violations du droit de la propriété.

On prendra donc les conseils qui suivent (et qui incluent pour une part dans leurs anticipations ces données nouvelles) avec la précaution qui vient d'être dite : les lois peuvent rapidement changer, et les protections que l'on croyait acquises dans l'État de droit peuvent tout à fait souffrir d'une remise en cause brutale.

Sécession patrimoniale et inflation

L'explosion de l'inflation, nourrie à la fois par l'expansion de la masse monétaire du fait du « *Quantitative Easing* » des banques centrales et par la crise de l'offre due aux désorganisations consécutives au COVID puis à la guerre en Ukraine pose plus que jamais la question de l'érosion patrimoniale dans le temps. Quand les prix augmentent, la valeur de l'argent diminue mécaniquement.

Cette question n'est pas au cœur de la sécession patrimoniale, mais la percute de plein fouet. Il s'agit désormais de protéger son patrimoine face aux menaces étatiques et face à l'inflation.

En réalité, ces deux types de menace n'en font qu'une seule. L'inflation, et plus encore l'hyperinflation, sont des conséquences directes de l'action menée par les pouvoirs publics. Nous l'avons dit, l'assouplissement monétaire pratiqué depuis plusieurs années par les banques centrales en a déblayé le terrain. Les politiques de zéro-COVID en Chine, de confinement en Europe et en Amérique, ont désorganisé les chaînes d'approvisionnement. L'*helicopter money*, prôné par la théorie monétaire moderne et par le *Great Reset*, a débouché sur une surchauffe de la demande aux États-Unis. Cet engrenage qui est tout entier une suite d'actions publiques explique la hausse brutale des prix.

Je pourrais reformuler ce raisonnement en disant plus simplement que les États vont tenter de réduire le poids de leurs dettes contractées depuis plusieurs années par le recours à l'inflation, et peut-être à la confiscation.

N'oublions jamais que Philippe le Bel eut recours à cette confiscation, au début du XIVe siècle, pour financer ses déficits.

Toutefois l'inflation et la confiscation représentent deux menaces de nature différente, même si elles ont une origine commune, qui complique la tâche de la sécession patrimoniale.

L'inflation amenuise la valeur des actifs financiers, et se mettre à l'abri de l'inflation n'implique pas forcément les mêmes mesures que se mettre à l'abri de l'action de l'État, et implique encore moins les mêmes mesures qu'assécher le financement de l'État.

Je tâcherai ici de proposer des conseils pour répondre aux trois questions en même temps, mais il faut avoir conscience qu'il s'agit d'un exercice d'équilibriste qui laissera sur leur faim tous ceux qui sont à la recherche d'une rentabilité financière maximale.

Le propos n'est pas ici de donner des conseils pour gagner le plus d'argent possible en un temps record. Des spécialistes de ces questions existent, qui font cela très bien (selon eux), et mon propos n'est certainement pas de les concurrencer.

En revanche, je m'intéresse à la question de l'investissement dans la durée, avec le souci politique et pour ainsi dire moral de ne pas favoriser l'action d'un État liberticide. Où et comment placer son patrimoine pour le conserver le plus longtemps possible sans favoriser l'emballement de la machine liberticide auquel nous assistons depuis plusieurs années ?

Bien mesurer son patrimoine

La première étape que nous proposons est d'abord de bien mesurer son patrimoine, de bien le « conscientiser » en quelque sorte.

Depuis que, de loin en loin, je donne des conseils patrimoniaux, je constate que peu de gens ont une compréhension claire de ce qu'ils possèdent et de ce que signifie le mot « patrimoine ».

En bas de l'échelle, si j'ose dire, il y a ceux qui sont convaincus de « n'avoir rien », ou de « ne pas avoir d'argent ». Ceux-là sont quand même, très souvent, propriétaires d'un petit pavillon (même s'ils sont endettés et le remboursent patiemment), d'une automobile et d'une télévision. Ce n'est pas grand chose, mais c'est déjà quelque chose.

D'autres, parmi eux, possèdent une maison plus grande qu'un pavillon de banlieue, une belle voiture, et une épargne en liquide de 20 ou 30 000 €. Ils s'imaginent n'avoir rien, alors que, mis bout à bout, leur patrimoine approche facilement les 200 000 €.

De l'autre côté de l'échelle, certains ménages pourtant éduqués et soucieux d'argent, ne comptent dans leur patrimoine que leur « surplus » : leur épargne, investie ou non en actions, et leurs investissements locatifs. Ils excluent de leur patrimoine leur résidence principale, les quelques œuvres d'art qu'ils ont acheté, et leurs biens professionnels lorsqu'ils en ont.

Leur recherche en matière de conseils patrimoniaux se résume à : comment placer mon épargne ?

Ces visions restrictives font l'impasse sur ce qu'est au sens propre le patrimoine (étymologiquement le cadeau des ancêtres), et que l'on pourrait définir comme ce que l'on possède dans la durée.

Ceci inclut des biens qui viennent à l'esprit, comme l'épargne au sens large (y compris les livrets réglementés, l'assurance-vie, les portefeuilles boursiers), ou l'immobilier (y compris sa résidence principale), et des biens moins évidents, comme les téléphones portables, les bijoux, les œuvres d'art.

Les conseils qui suivent englobent toute cette gamme patrimoniale que j'aime bien présenter comme les valeurs d'usage : entre mettre deux mille euros de côté, sur un livret A, par exemple, et acheter un tableau à mettre dans son salon avec la même somme, ou un beau bijou à sa femme, il y a une seule et même logique patrimoniale. Simplement, dans un cas, vous placez votre argent dans un actif financier dont vous n'avez pas l'usage immédiat, et dans l'autre vous investissez dans une valeur d'usage.

Dans les deux cas, la question est de savoir le prix que vous retirerez de cette valeur d'usage si vous la revendez. Si le tableau que vous avez acheté à deux mille euros en vaut le triple, dix ou quinze ans plus tard, vous avez fait un bon placement. Si c'est une ignoble croûte invendable, vous avez mal placé votre argent. Entretemps, toutefois, vous aurez peut-être pris du plaisir à le regarder tous les jours pendant votre dîner. Cette satisfaction-là vaut peut-être, pour vous, tout l'or du monde. Vous êtes seuls à le savoir.

Qui peut faire une sécession patrimoniale ?

Dans la pratique, tout le monde ne peut pas pratiquer la sécession patrimoniale. Il y a effectivement une question de « volume » du patrimoine qui joue, même si ce volume est beaucoup plus flexible qu'on ne le pense souvent.

Donc, si vous êtes pratiquement sans domicile fixe, et que votre patrimoine se résume à une table, un lit et deux chaises, et que vous vivez d'allocations versées par l'État, vous n'avez aucun intérêt à pratiquer la sécession patrimoniale, puisque vous dépendez des largesses de la collectivité, et que vous n'avez rien à protéger. C'est d'ailleurs l'un des objectifs du *Great Reset* d'éroder le plus possible les patrimoines pour rendre le plus grand nombre possible de gens dépendants de l'État, rebaptisé abusivement « solidarité ».

Inversement, si votre patrimoine est suffisamment important pour que vous n'en assuriez plus la gestion vous-mêmes, la sécession patrimoniale vous intéresse peu, pour plusieurs raisons. La première est que vous appartenez probablement à la caste mondialisée et que vous n'avez aucune raison de « cracher dans la soupe » comme on dit vulgairement. La deuxième est que vous avez probablement les moyens de pourvoir à cette sécession par vous-mêmes. La troisième est que vous l'avez probablement déjà pratiquée en plaçant votre argent à l'étranger, notamment dans un paradis fiscal, pour échapper aux foudres du fisc français.

La sécession patrimoniale s'adresse donc aux gens qui sont « entre deux », c'est-à-dire au ventre mou des

Français, qui pensent appartenir aux fameuses classes moyennes dont tout le monde parle, mais que personne n'a jamais rencontré.

Pour donner quelques éléments précis sur ce sujet, on rappellera simplement que le patrimoine moyen des 10 % des Français les plus riches est de 1,3 million €, mais que ce chiffre ne signifie pas grand chose. En effet, entre les 90 et les 95 % des Français les plus riches, ce patrimoine reste inférieur à 1 million €. Seuls 2 % des Français détiennent un patrimoine supérieur à 1,3 million.

Autrement dit, très peu de Français (moins de 2 %) détiennent des sommes colossales qui font monter la moyenne globale, mais 98 % des Français ont un patrimoine inférieur à 1,3 million. Et j'ai la faiblesse de croire qu'il y a plus de préoccupations communes entre un ménage qui détient un patrimoine de 300 000 € et un autre qui détient un patrimoine de 1,3 million €, qu'entre ce ménage à 1,3 million € et le milliardaire qui possède des usines dans le monde entier.

Pour faire simple, et pour fixer les esprits, je dirais volontiers que la sécession patrimoniale concerne plutôt les personnes qui ont une résidence principale, et plus de 10 000 € d'épargne financière. Bien évidemment, plus vous possédez au-delà de ce plancher, et tant que vous n'avez pas confié la gestion de votre fortune à un conseiller qui s'occupe de tout, mieux vous êtes concerné par cette sécession patrimoniale.

Statistiquement, si vous vous situez dans ces tranches de patrimoine, votre richesse est très majoritairement constituée par des biens immobiliers (à commencer par votre résidence principale), et marginalement par des actifs financiers et de l'épargne. Les chiffres de l'INSEE montrent que, tendanciellement, plus votre patrimoine est élevée, moins l'immobilier y tient une place importante. Mais celle-ci reste fortement majoritaire quoi qu'il arrive.

Si vous correspondez à cette cible, vous pouvez pratiquer la sécession patrimoniale, et vous y avez même intérêt car, tôt ou tard, la caste aura besoin de rogner votre patrimoine (sous des prétextes toujours plus farfelus) pour protéger son niveau de vie.

Valeur d'usage contre valeur de placement

Une dimension essentielle me paraît à retenir aujourd'hui : l'Occident a dépassé son optimum millénaire, comme, au IIe siècle, l'empire romain avait dépassé son optimum pour entrer dans trois siècles de décadence progressive. Pour mémoire, c'est en 165 que commence la peste antonine, à partir de laquelle l'empire n'a cessé de décliner. On peut considérer que l'épidémie de coronavirus est l'équivalent de la peste antonine : elle donne le coup d'envoi d'un lent déclin de notre civilisation au profit de l'axe russo-chinois.

Cela ne signifie pas forcément que nous allons connaître un effondrement foudroyant. Mais cela signifie à coup sûr que les conditions réunies depuis trois ou quatre siècles pour assurer notre prospérité « glorieuse » ne le sont plus et que nous allons connaître un déclin en « sifflet » marqué par des affaissements brutaux réguliers. Nous sommes probablement en train de connaître le premier de ceux-ci.

Dans cette logique globale, il faut comprendre que les années qui viennent seront marquées par une imprévisibilité structurelle et par des risques majeurs qui semblaient impossibles ou d'une extrême rareté il y a encore dix ans.

Parmi ces risques, on compte les catastrophes climatiques ou industrielles disruptives (comme des accidents nucléaires majeurs causés par la nature ou par la guerre), des catastrophes sanitaires (organisées ou non), et des destructions économiques importantes, dues à des crises plus ou moins spontanées.

J'ai évoqué dans mes premiers chapitres l'agenda du chaos planifié par la caste pour conserver son pouvoir. Il faut comprendre que cet agenda constitue la principale menace qui pèse sur votre patrimoine et qu'il faut désormais cesser de penser en « valeurs de placement », c'est-à-dire en valeurs à acquérir pour s'enrichir dans la durée.

Nous entrons dans une décennie où plus rien ne sera prévisible.

Il ne faut donc pas hésiter à investir dans des valeurs d'usage, c'est-à-dire des biens dont vous profiterez de votre vivant, et que vos héritiers seront heureux de recevoir après votre mort, parce que ces biens auront encore de la valeur. Mais la spéculation sur la plus-value durant votre propre existence va devenir un exercice d'autant plus aléatoire qu'il ne fera qu'abonder les causes de l'instabilité.

Les seules valeurs dont la promesse (trompeuse selon moi) sera spéculative, seront des valeurs présentées par la caste comme « d'avenir », et qui serviront seulement à alimenter un système de chaos. C'est le cas des placements boursiers gérés par des fonds qui sont largement à l'origine du chaos actuel.

Arbitrage général sur votre mix patrimonial

Le conseil essentiel à suivre pour réaliser sa sécession patrimoniale consiste donc à diminuer rapidement la part des actifs financiers dans son patrimoine pour y augmenter les valeurs d'usage ou, à la rigueur, les valeurs refuges.

Dans ces valeurs d'usage, je place les biens durables dont vous profiterez personnellement, vous ou les vôtres.

Vous pensez spontanément à l'immobilier pour abonder cette catégorie. Vous avez raison, s'il s'agit d'un immobilier qui vous profite directement ou que vous réservez vos enfants ou vos proches. Il s'agit donc de votre résidence principale ou secondaire, mais certainement pas de l'immobilier spéculatif que vous avez acquis pour arrondir vos revenus.

Dans cette dernière catégorie, je place tout spécialement les produits immobiliers défiscalisés à vocation sociale comme les « Pinel » ou les « Scellier », qui enrichissent la banque prêteuse et le promoteur immobilier, mais ne vous rapportent pas grand chose au final. Par ces dispositifs, vous avez acheté sur plan un deux pièces mal fini dans la banlieue de Montauban ou de Grenoble, où vos enfants n'iront jamais vivre.

J'ajoute dans ces catégories de valeur d'usage tout ce qui va prendre de la valeur et dont vous allez pouvoir profiter. Il s'agit au premier chef des œuvres d'art, mais cela inclut les voitures de collection, les beaux livres, les bijoux, les meubles de prestige. Au lieu de placer 20 000 € en bourse, vous pouvez décider d'acheter une commode Louis XV signée ou une Rolls Royce d'occasion.

S'agissant des valeurs refuges, expression dont le sens est en soi contestable, vous pouvez bien entendu acheter de l'or ou des métaux précieux. J'y reviendrai.

Tout le reste, c'est-à-dire l'épargne en euros, les valeurs boursières, l'assurance-vie, doivent être vendues ou limitées au maximum. Conservez autant que possible une épargne de précaution, et oubliez l'économie spéculative pour de longues années.

Bien penser son usage immobilier

Chacun des points évoqués ci-dessus mérite une explication propre.

Tout d'abord, sur l'immobilier, trois cas de figure peuvent se présenter : soit vous considérez posséder déjà ce qu'il vous faut et vous disposez par ailleurs d'actifs financiers, soit il vous reste à acquérir une résidence principale, soit vous imaginez partir à l'abri dans les mois qui viennent pour éviter la catastrophe.

Il me semble que chaque cas peut être traité de façon connexe.

C'est un projet sain de quitter les métropoles pour s'installer dans une ville de taille moyenne (20 000 habitants, c'est bien), voire à la campagne. L'idéal est d'y choisir une maison ancienne avec du caractère, dotée d'un jardin adapté à vos capacités. Si vous imaginez pouvoir vous consacrer utilement à un potager, choisissez une maison avec un terrain qui le permet. Si vous n'avez pas la main verte, contentez-vous d'un jardin d'agrément qui améliorera les conditions de revente.

Sur le choix des destinations, j'entends beaucoup d'urbains me parler spontanément d'aller vers le Sud, dans le Midi, ou dans le Sud-Ouest. La Côte d'Azur fait rêver beaucoup de gens. Chacun, bien entendu, est libre de ses choix. Il faut juste avoir à l'esprit que vivre toute l'année dans un endroit n'est pas la même chose qu'y passer une ou deux semaines de vacances. Il me paraît plus prudent d'identifier des biens où vous vous sentirez bien et qui vous mettront durablement à l'abri, plutôt que des idéaux chers et finalement peu protecteurs ou difficiles à vivre.

Cette stratégie d'achat d'un bien ancien et confortable dans une petite ville vaut aussi pour ceux qui ont déjà leur résidence principale mais n'excluent pas de s'extraire vers un refuge « au cas où les choses tourneraient mal ».

Quant à ceux qui possèdent déjà un bien loin des métropoles qui risquent de s'agiter, le moment est peut-être venu de le vendre à bon prix pour profiter de la vague d'émigration intérieure, et d'acheter le bien de ses rêves, l'hôtel particulier avec des colombages et des poutres apparentes au milieu d'un parc où l'on se dit qu'il fait bon vivre.

Dans tous les cas, il faut que ce bien donne envie à vos enfants d'y vivre le moment venu. Ils ne le reprendront pas forcément, mais cela signifie que vous pourrez le vendre utilement le moment venu.

Comme le hasard fait parfois bien les choses, vous pouvez, pour assouvir votre envie d'un bien avec du cachet, entrer dans le dispositif du « Malraux », grâce auquel les travaux entrepris sur certains biens anciens sont transformés en crédit d'impôt.

La question des valeurs refuges

Une question récurrente porte bien entendu sur l'achat de valeurs refuges, et parfois, désormais, sur l'achat de cryptomonnaies. Faut-il en acheter ou pas ?

Pour faire simple, cette question appelant par ailleurs de nombreux commentaires spécialisés, il faut marteler que, par les temps qui courent, l'achat d'or est un placement de bon sens, à condition d'y passer un peu de temps et d'avoir un endroit sûr pour le stocker.

D'une manière générale, les acheteurs avertis préfèrent toutefois acheter des lingots en « physique », c'est-à-dire faire l'acquisition d'un lingot en bonne et due forme qu'ils stockent à leur domicile ou dans un coffre à la banque. Proportionnellement, les pièces sont en effet plus coûteuses...

Pour ce qui concerne l'or, il ne faut jamais oublier que le coût du stockage est un élément important de l'arbitrage. L'avantage de l'or physique est que vous pouvez le monnayer quand vous le voulez, alors que, acheté sous forme d'avoir bancaire, il peut vous être confisqué. L'inconvénient est qu'il peut vous être dérobé lors d'un cambriolage si vous le stockez chez vous.

Il est à noter qu'il existe des formules de cartes de crédit émis sur un compte en or. Cela peut se révéler pratique si vous tenez à « monnayer » votre or sans difficulté. Dans ce cas, il vous suffit de vous rendre à un distributeur de billet qui accepte la carte en question, et de retirer de l'argent comme si de rien n'était. C'est le détenteur de votre or qui se charge de faire la conversion à votre place, moyennant la commission plutôt modeste que vous lui laissez.

Evitez les placements bancaires

Dans tous les cas, et c'est surtout vrai en période d'inflation élevée, évitez de laisser de l'argent dormir à la banque, particulièrement sur un livret rémunéré à un niveau moindre que l'inflation. C'est le cas des livrets A, de Développement Durable et autres arnaques qui enrichissent les banques.

Non seulement cet argent nourrit des organismes comme les HLM grâce auxquels l'État intervient dans la vie économique et « achète » les suffrages de pauvres gens, mais en plus ce placement vous appauvrit, puisqu'il est moins rémunéré que l'inflation.

Il peut donc vous servir, au mieux, à abriter de l'épargne de précaution, c'est-à-dire des sommes dont vous pouvez avoir besoin en urgence pour renouveler votre lave-linge ou payer une réparation de votre voiture.

En revanche, ne laissez surtout pas sur ce compte l'argent qui servira à financer les études de vos enfants ou l'apport pour acheter votre maison.

Faut-il vraiment éviter la bourse ?

Une question annexe porte sur les investissements en bourse. Depuis plusieurs années, les esprits lucides soulignent le déséquilibre entre les cours en bourse et la réalité des entreprises. C'est particulièrement vrai dans l'économie numérique, où certaines entreprises bénéficient de capitalisations boursières jamais connues dans l'histoire, alors qu'elles ne dégagent aucun bénéfice et semblent même en situation d'agonie. Simplement, elles ont bonne réputation, et un comportement mimétique pousse à gonfler le cours de leur action au mépris du bon sens.

Ces déséquilibres manifestes, bien connus des initiés, laissent craindre depuis longtemps une sévère correction, repoussée jusqu'ici (après un épisode douloureux au moment du premier confinement) par des interventions massives en sous-main sur les marchés. Nul ne sait combien de temps les cours pourront être maintenus artificiellement à des niveaux élevés.

Pour savoir si vous devez par principe vous tenir à l'écart de la bourse, il faut prendre le problème de façon un peu plus stratosphérique et mathématique.

Nous entrons dans une période de forte inflation et, jusqu'ici, les sciences économiques n'ont jamais montré que l'inflation avait un effet par principe négatif sur les cours en bourse. Ceux qui soutiennent que l'inflation va nuire aux placements financiers prennent donc pas mal de liberté avec l'état du savoir sur le sujet.

Tout au plus peut-on penser que, en période de stagflation, les actions sont pénalisées par le manque de croissance économique.

En revanche, le placement boursier peut poser un problème moral s'il apporte des capitaux à des entreprises activement impliquées dans le *Great Reset* et la dictature sanitaire. Par exemple, si vous refusez d'être vacciné et que vous placez vos économies dans des actions Pfizer, vous avez un véritable problème de cohérence, puisque vous aidez une entreprise dont vous boycottez les produits.

A contrario, certaines entreprises cotées en bourse peuvent correspondre à certains de vos objectifs généraux, et il n'est pas absurde, alors, de les aider à se développer en plaçant un peu de votre argent dans leur capital. Et, le pire n'étant jamais sûr, il est même plausible que ces entreprises se développent, gagnent de l'argent, et vous apportent une belle plus-value.

Tout ceci suppose en revanche des arbitrages au cas par cas qui ne s'improvisent pas. Le mythe selon lequel on peut devenir riche en plaçant son argent aveuglément à la bourse, ou en suivant les conseils de quelques boursicoteurs, n'a pas de sens et ne fera que vous appauvrir, et même vous ruiner.

Que faire de son assurance vie ?

Une question souvent posée, qui est vraiment sérieuse est : que dois-je faire de mon contrat d'assurance-vie ? Comme les assureurs en ont convaincu la presse subventionnée, l'assurance-vie est le placement préféré des Français, et beaucoup de Français détiennent au moins un contrat, parfois avec seulement quelques milliers d'euros placés dans ce compartiment si étrange de l'épargne.

Je dis que l'assurance-vie est un placement étrange parce que, en réalité, elle n'a d'assurance que le nom, et elle tient plus de l'optimisation fiscale que du contrat qui vous protège contre un quelconque risque. Ces dernières années, sa rentabilité a beaucoup baissé du fait des taux directeurs négatifs des banques centrales, qui ont compliqué la rémunération des contrats.

Dans tous les cas, il faut avoir conscience que l'assurance-vie est un produit que les assureurs savent en sursis, tant il répond à un modèle obsolète et non soutenable en l'état. On peut même ici parler d'exercice d'équilibriste, puisque les assureurs sont dans l'incapacité de rémunérer correctement les contrats assis sur du « monétaire », c'est-à-dire sur la rémunération au taux proche des banques centrales. Dès qu'il existera une meilleure offre de rémunération sur le marché, les clients demanderont la sortie de leur contrat d'assurance-vie pour opter en faveur de ces nouveaux placements. Les assureurs-vie devront donc restituer des dômes qu'ils ont souvent placés discrètement sur des marchés parfois déprimés.

Le métier d'assureur-vie est réglementé, et les assureurs ont pour obligation d'acheter de la dette d'État. En leur apportant votre épargne, vous alimentez donc indirectement le train de vie d'un État liberticide.

Je parlais de cohérence à propos des actions. Je reprends le terme ici pour souligner que le contrat d'assurance-vie est d'abord un moyen de financer l'État et les dépenses publiques.

Du point de vue de la sécession, avoir un contrat d'assurance-vie n'a donc pas beaucoup de sens.

La question est de savoir ce que vous devez faire du contrat sur lequel vous avez placé 10 000 € et que vous avez souhaité récupérer. C'est à mon avis l'occasion de vous interroger sur les achats de valeurs d'usage que je vous ai conseillés plus haut, en conservant, si cela vous rassure, 2 ou 3 000 € en épargne de précaution supplémentaire.

Le bienfait ultime de la sécession patrimoniale

Vous l'avez compris, la sécession patrimoniale ne vous rendra pas riche, mais elle peut vous éviter de devenir pauvre. Elle consiste à réorienter son mix patrimonial vers des valeurs d'usage qui devraient résister aux effondrements à venir et dont la valeur augmentera avec l'inflation.

Par les temps qui s'annoncent, ne pas tout perdre et ne pas alimenter un État liberticide, c'est déjà beaucoup.

VI. LA SÉCESSION SANITAIRE CONTRE LA RELIGION DE L'ALLOPATHIE

Que l'allopathie soit devenue une branche hégémonique de la médecine, au point d'en revendiquer le monopole et de vouloir faire glisser toute autre pratique sous l'étiquette de charlatanisme, n'est pas un phénomène nouveau.

Il faudrait une monographie entière pour étudier l'émergence de cette croyance idéologique depuis une centaine d'années. Ce n'est pas l'objet de cet ouvrage, mais l'état de fait où de nombreux médecins eux-mêmes sont convaincus que ce qu'on appelle médecine se réduit à l'allopathie, et que toute autre pratique relève de la sorcellerie, n'est pas né d'hier. En France, dès 1941, le régime de Vichy supprime le diplôme d'herboriste, crée l'ordre des médecins (et, accessoirement, la sécurité sociale, cette conjonction historique mériterait là aussi un long commentaire) et dégage la voie pour un monopole de l'allopathie dans les questions sanitaires.

Ceux qui ont lu mon ouvrage consacré à l'histoire de la sécurité sociale (*Ne t'aide pas et l'État t'aidera*, 2015, éditions du Rocher) savent que Vichy a renoncé à créer l'assurance-maladie en même temps que l'assurance-vieillesse, pour ne pas froisser la mutualité française, qui était alors très puissante (et, au demeurant, très efficace). Mais cette structure nouvelle proposée en septembre 1940 par Pierre Laroque, éphémère conseiller de Vichy, sera finalement mise en place par Pierre Laroque, conseiller de De Gaulle au sein du gouvernement provisoire de la République, en 1944.

D'où la naissance de cette fameuse assurance-maladie, dont l'intitulé exprime parfaitement la logique de l'allopathie qui prend alors le pouvoir, sous le couvert trompeur de la « protection sociale » : il ne s'agit pas de maintenir les gens en bonne santé, mais de les soigner quand ils sont malades. Cette préférence pour la maladie plutôt que pour la santé est le propre de ce qu'on appelle aujourd'hui « la médecine », qui se gave de petites pilules, d'injections, de rayons, de solutions chimiques, qui sont autant de marchandises si difficiles à rentabiliser qu'il faut de nombreux malades pour que leur production ne soit pas une ruine.

Tout cela, je le répète, est ancien : l'émergence d'une industrie pharmaceutique a économiquement, financièrement, besoin de maladies et d'épidémies pour continuer son essor et amortir ses investissements. Elle a aussi besoin de discréditer toute forme de concurrence (notamment celle de la médecine naturelle) pour maximiser ses profits.

Ce que nous avons vu à l'occasion de l'épidémie de coronavirus, c'est la puissance, la démesure de cette industrie, dont l'hégémonie culturelle se traduit désormais par une ambition millénariste, que les philosophes nommeraient téléologique. L'allopathie ne se contente pas de soigner les gens, elle prétend désormais sauver l'humanité.

Le vaccin, une nouvelle religion du salut

Dans une intervention vidéo que j'avais faite en mai 2021, censurée assez rapidement par Google, j'avais souligné les étranges parentés symboliques entre le baptême et la vaccination, en même temps que j'avais par le menu décrit la stratégie de curiaçage qui servirait à nous faire avaler petit à petit la vaccination quasiment obligatoire avec un produit sous autorisation conditionnelle de mise sur le marché.

Depuis plus de mille ans, l'Occident pense qu'il assure son salut par le baptême. La religion chrétienne affirme en effet que la foi dans Jésus sauve de la mort et assure la vie éternelle. L'entrée dans cette foi est marquée par des gestes symboliques, à commencer par une étrange onction des enfants au-dessus des fonts baptismaux, qui consiste à reproduire le geste de Jésus plongé dans l'eau du Jourdain par Jean le Baptiste.

La compréhension des symboles chrétiens s'est malheureusement perdue, mais elle éclaire pourtant de façon singulière l'idéologie allopathique d'aujourd'hui (dont je suis convaincu qu'elle sera beaucoup plus éphémère que le christianisme). Lorsque Jean le Baptiste demandait aux fidèles de se plonger dans le Jourdain, et lorsqu'il recouvrait leur tête d'un peu d'eau puisée dans le fleuve, il les ouvrait à une vie nouvelle, qui était une préparation à la vie éternelle. L'onction donnée sauvait, pour peu que l'on crût en Dieu et que l'on allât à la messe jusqu'à la fin de ses jours.

Dans certaines religions, ou dans certaines pratiques religieuses localisées, ces rituels de passage sont plutôt tournés vers des mutilations à caractère sexuel : circoncision ou excision. En Occident, une tradition qu'il faudrait explorer préfère l'onction, c'est-à-dire le recours à un liquide sacré, pour symboliser ce passage.

Il est troublant de voir comment cette fonction téléologique de salut est aujourd'hui explicitement endossée par l'allopathie, qui remplace le baptême par la vaccination pour assurer la vie éternelle.

Certains, trop collés à l'idéologie vaccinale pour en percevoir les contours symboliques, trouveront au premier abord de l'exagération dans cette analyse. Pourtant, d'un strict point de vue « esthétique », il est frappant de voir la permanence des rituels par-delà le changement des croyances. Au fond, de même que le christianisme a repris de nombreux rituels païens pour mieux se répandre, la religion du progrès par la science, le scientisme contemporain, entend remplacer le christianisme en gardant ses rites pour mieux les subvertir.

Il y avait le baptême, il y a désormais la vaccination obligatoire, à commencer par celle des enfants.

Les lecteurs de Friedrich Hayek se souviendront ici de la brillante analyse du philosophe autrichien dans *La Route de la servitude* (page 115 de l'édition PUF, 2010) :

> *« On persuade le peuple de troquer ses anciens dieux contre des nouveaux, en lui faisant croire que les nouveaux*

dieux lui avaient été révélés depuis toujours par son instinct naturel, mais qu'il n'en avait que confusément senti la présence. La technique la plus efficace pour arriver à cette fin consiste à employer des termes anciens en leur prêtant un sens nouveau».

La caste mondialisée adore parler de liberté pour désigner le totalitarisme, et les allopathes adorent parler de santé et de salut (les deux mots viennent de la même racine latine), à l'instar des Chrétiens à propos du baptême, pour désigner la chimie qu'ils injectent dans notre corps. Or, il est évident que personne n'a jamais ressenti d'effet secondaire négatif après un baptême (l'existence d'effet secondaire positif réel restant aussi à prouver), mais les allopathes ne peuvent certainement pas en dire autant à propos de leurs potions, à commencer par le vaccin contre le coronavirus.

Qu'importe ! Il s'agit s'assurer notre santé, et même notre survie, ce que les Chrétiens appelaient le salut, entendu ici dans un sens nouveau.

Le millénarisme de Gates

Si certains restent sceptiques sur ce grand remplacement du baptême chrétien par la vaccination scientiste, il leur suffit de suivre les propos de Bill Gates et de sa fondation pour comprendre l'enjeu millénariste et religieux du vaccin aujourd'hui.

Bill Gates est convaincu de la fonction salvatrice du vaccin, dans des termes qui éclairent sur la dimension religieuse qu'il accorde à cet acte. Ainsi, invité par France 2 au journal de 20 heures le 6 mai 2022, Bill Gates n'a pas hésité à présenter le vaccin comme « un miracle qui a empêché des millions de morts ».

C'est pour cette raison que Bill Gates entend faire vacciner la planète entière, contre à peu près tout et n'importe quoi : il veut répandre le « miracle ». Il est assez saisissant de voir comment l'idéologie scientiste, dont l'hégémonie de l'allopathie est l'une des conséquences directes et l'un des meilleurs véhicules, reprend sans aucun scrupule, sans aucun recul, et en parfaite harmonie avec les analyses prophétiques de Friedrich Hayek, la sémantique chrétienne sur le salut.

Pourtant, il existe une différence majeure entre le christianisme et le millénarisme allopathique et vaccinal.

On peut difficilement soupçonner Jésus et les premiers Chrétiens d'avoir été à la tête d'usines de production de crucifix, ni de distilleries d'eau bénite. En revanche, les intérêts de Bill Gates dans la production et la vente des vaccins sont bien connus. Ainsi, après l'échec de la pandémie de H1N1 en 2009, Gates a ligué les producteurs de vaccins dans la GAVI, l'Alliance Mondiale pour le Vaccin, qu'il a déclinée en 2015 pour les seuls vaccins contre les virus SRAS en un CEPI, présidée par l'un des *Global Leaders* de Klaus Schwab, le prince Haakon de Norvège (la naissance du CEPI fut d'ailleurs actée à Davos...). Ces structures d'influence informelle ont organisé et même industrialisé la connivence entre les fabricants de vaccins et les gouvernements chargés d'acheter ces vaccins pour les inoculer à leur population à coup d'argent public.

On reconnaîtra là un sens des affaires que Jésus n'avait pas. C'est ce que l'élite WASP (*White Anglo-Saxon Protestant*) appelle l'altruisme efficace : je m'enrichis en faisant du bien à autrui.

Vis-à-vis de cet altruisme efficace, il existe quatre réactions possibles, dont l'épidémie de COVID et sa réception dans l'opinion publique ont donné le divertissant spectacle.

Un premier groupe croit mordicus au miracle, et abandonne tout esprit critique vis-à-vis de la nouvelle religion et de la soupe que ses prêtres nous servent. Un deuxième groupe a moins de scrupules et accepte de la propager moyennant finances : il s'agit notamment de ces médecins soudoyés par l'industrie pharmaceutique qui mentent à tour de bras sur les plateaux de télévision en contrepartie des prébendes qu'ils reçoivent. Un troisième groupe rejette en bloc le discours allopathique parce qu'il est corrompu. Je préfère promouvoir le quatrième groupe : celui des gens qui demandent à voir, et qui examinent l'efficacité des produits dont Bill Gates et la caste mondialisée se font les apôtres.

Et, s'agissant des vaccins contre le COVID, l'humanité a probablement franchi un cap historique dans l'art de vendre des poisons sous l'apparence de médicaments qui soignent.

Le vaccin contre le COVID, ou l'allopathie contre la santé

Dans la gestion du COVID, et dès l'apparition des premiers cas en Chine, l'industrie pharmaceutique s'est organisée pour discréditer tout traitement peu coûteux, et pour assurer l'hégémonie des traitements produits par des entreprises détenues par les grandes gestionnaires d'actifs financiers.

L'affaire est d'ailleurs passée inaperçue en Europe, mais, dès le début du mois de mars 2020, l'OMS faisait la promotion du Remdesivir de Gilead (dont Vanguard et Blackrock sont de puissants actionnaires) comme « seul médicament efficace contre le COVID ». Quelques mois plus tard, la même OMS appelait à retirer ce médicament de la pharmacopée utilisée pour combattre le COVID à cause de ses effets secondaires graves.

Pour quelle raison l'OMS assurait-elle le service après-vente d'un médicament dangereux et peu testé, alors que des substances bien connues mais peu rentables comme l'hydroxychloroquine, étaient soudain taxées de tous les maux ? Et pour quelle raison, en France, le ministère de la Santé interdisait-il les uns après les autres des traitements peu coûteux, laissant souvent des malades mourir sans soins efficaces ?

Beaucoup ont affirmé que cet étrange phénomène servait à dégager le terrain à une vaccination à marche forcée... la vaccination préventive ne pouvant jamais être rendue obligatoire lorsque des traitements curatifs existent. Il y avait donc, pour les laboratoires pharmaceutiques qui fabriquaient des vaccins, un intérêt objectif à obtenir l'interdiction générale des traitements connus et tombés dans le domaine public, pour privilégier les vaccins développés en trois cents jours, selon le programme ambitieux développé par Bill Gates.

En tout cas, le vaccin Pfizer a constitué à la fois une formidable opération financière et un désastre sanitaire absolument impressionnant.

En 2021, Pfizer aurait engrangé 22 milliards de bénéfices, soit l'équivalent d'un tiers des dividendes distribués par le CAC 40 la même année (qui était une année record pour les dividendes...). Dans le même temps, pour la seule France, 40 000 effets secondaires graves étaient déclarés en moins de dix-huit mois d'injections.

Selon les bases internationales de pharmacovigilance, il est très probable que plusieurs milliers, voire dizaines de milliers de morts soient attribuables au vaccin. Grâce à son hégémonie culturelle, l'industrie pharmaceutique est parvenue à convaincre l'opinion publique que cette catastrophe sanitaire était une invention des complotistes. Les pouvoirs publics ont d'ailleurs banni tout débat sérieux et transparent sur le sujet.

Il n'en reste pas moins que la vaccination contre le COVID a constitué à la fois une importante source de profit, et un scandale sanitaire sans précédent, aidé par des entreprises comme Mc Kinsey, qui menaçaient d'être, la même année, lourdement condamnées pour des méthodes analogues de commercialisation à outrance de produits toxiques dans l'affaire des opioïdes aux États-Unis.

Pour l'instant, la chappe de plomb est suffisamment résistante pour que des esprits éduqués continuent à penser que le désastre de la vaccination soit une invention d'hurluberlus et que les sacrifices humains consentis pour mettre en place les projets de Bill Gates dissimulés dans les habits de l'OMS soient statistiquement justifiés. Mais le temps passant, les morts du vaccin quitteront le registre des statistiques abstraites pour envahir le champ de l'intime : rétrospectivement, les décès prématurés, présentés comme inexplicables aujourd'hui, trouveront leur explication et l'effet boomerang sera terrible pour la caste.

Ce jour-là, l'*hybris* des allopathes aura enterré leur prétention à sauver l'humanité, et d'autres méthodes médicales deviendront évidentes pour le public.

Replacer l'allopathie dans ses justes proportions

Les excès des allopathes sont regrettables, car ils contribueront dans les années à venir à discréditer outrageusement, excessivement, un art et des procédés qui constituent un véritable progrès pour l'humanité.

Il est incontestable que la chimie a permis des progrès importants dans le traitement de maladies mortelles. Et dans cette contribution de la chimie, je place la vaccination « classique » au premier rang, quoi qu'en disent ses nombreux détracteurs.

Simplement, l'allopathie doit être prise comme elle se présente : c'est-à-dire comme une méthode de curation, là où rien ne remplacera jamais la prévention. Mais s'agissant de guérir, elle apporte d'impressionnants progrès pour de nombreuses maladies, y compris grâce aux thérapies géniques qui n'en sont qu'à leurs balbutiements.

Il ne s'agit pas ici de discréditer la médecine allopathique. Il s'agit seulement de mettre entre parenthèses ses excès et son ambition de devenir une religion du salut.

Dans la pratique, l'allopathie reste impuissante face à de nombreuses maladies que d'autres types de médecine parviennent à mieux prendre en charge. Seul l'esprit d'hégémonie a conduit les allopathes à refuser d'envisager ces autres types, sous le prétexte qu'il s'agirait de charlatanisme.

Mais, çà et là, les complémentarités progressent.

Dans tel ou tel hôpital, les « coupeurs de feu » sont admis pour soulager les grands brûlés. Ailleurs, on fait venir des chevaux dans les chambres des cancéreux pour les aider. Des médecins diplômés pratiquent l'acupuncture ou la médecine traditionnelle chinoise. Parfois même se laissent-ils aller à la naturopathie.

On voit que, de toutes parts, les frontières entre l'allopathie de stricte observance, pourrait-on dire, deviennent poreuses, et que des efforts peuvent se conjuguer pour mieux prendre en charge les patients, en explorant d'autres voies.

La médecine complémentaire, une médecine à part entière

Ces évolutions restent timides au regard des avancées juridiques, toutefois. Rappelons que, en droit international public, l'Organisation Mondiale de la Santé (OMS), tant décriée sur le COVID, reconnaît par les traités l'existence légitime de la médecine traditionnelle, des médecines complémentaires et des médecines dites non-conventionnelles.

Il faudrait ici encore une monographie complète pour faire le relevé topologique de toutes les médecines existantes.

Dans les médecines traditionnelles, les pratiques chinoises et ayurvédiques sont les plus connues en Europe. Mais elles sont en réalité beaucoup plus nombreuses, et fondées sur une compréhension holistique du corps qui échappe à notre médecine allopathique. Hasard du calendrier : l'OMS a soutenu la création et l'ouverture, en mars 2022, du Centre mondial de médecine traditionnelle en Inde, à Jamnagar, dans le Gujarat.

Comme le note l'OMS [3], il n'y a d'ailleurs pas d'alternative à chercher entre la médecine dite moderne et la médecine traditionnelle.

3. « L'OMS crée le Centre mondial de médecine traditionnelle en Inde » ; www.who.int/fr/news/item/25-03-2022-who-establishes-the-global-centre-for-traditional-medicine-in-india

Quelque 40 % des produits pharmaceutiques autorisés utilisés aujourd'hui sont issus de substances naturelles, ce qui souligne l'importance vitale de la conservation de la biodiversité et de la durabilité. Par exemple, l'aspirine a été découverte grâce à des formules de médecine traditionnelle utilisant l'écorce de saule, la pilule contraceptive a été mise au point à partir des racines de l'igname sauvage et les traitements contre le cancer de l'enfant utilisent la pervenche de Madagascar. L'examen des anciens textes de médecine chinoise est à l'origine des recherches sur l'artémisinine pour la lutte contre le paludisme, qui ont été récompensées par le prix Nobel.

Imaginer que l'allopathie puisse, pour soigner, faire abstraction de l'héritage reçu de la médecine traditionnelle est donc à la fois une erreur de méthode et un contresens. En réalité, l'histoire de la médecine est un continuum avec des bifurcations, mais certainement pas les ruptures que certains veulent instaurer.

Cela ne signifie bien entendu pas que la médecine traditionnelle puisse tout soigner, et que l'allopathie soit à jeter à la poubelle. Cela signifie en revanche qu'il faut apprendre à conjuguer les deux pour cibler de mieux en mieux les traitements, ou pour soulager les effets secondaires de l'allopathie.

Médecine complémentaire et charlatanisme

De même que l'allopathie compte ses cuistres et ses faux-monnayeurs (on pense ici à tous les médecins de plateau qui ont débité de nombreuses inepties covidistes pendant deux ans), la médecine complémentaire comporte elle aussi ses charlatans et ses imposteurs. Il serait absurde de le nier.

Je pense ici tout particulièrement à un prétendu chamane qui aurait appris (selon lui) l'art des sages amazoniens. Pour la modique somme de 160 €, l'intéressé, coiffé d'un chapeau à plumes et armé d'un tambourin, proférait des chants mi-portugais mi-latin de cuisine invoquant *Santa Maria* pour chasser les esprits de ses clients alités au centre de la pièce. La séance durait un quart d'heure environ.

Ce genre de mise en scène apporte de l'eau au moulin de tous ceux qui accusent indifféremment les médecines complémentaires d'héberger des charlatans, des escrocs, et même parfois des sectes dangereuses. C'est en particulier le leitmotiv d'hommes politiques sur la touche comme

Georges Fennec, ancien député ligérien qui court les cachets des chaînes de télévision appartenant à Bolloré pour survivre. Ces gens-là ne s'embarrassent guère de nuances pour décrédibiliser des pratiques ancestrales.

Il est donc nécessaire d'entreprendre un long travail d'analyse, de rationalisation, d'expertise, pour commencer à démêler le vrai et le faux dans ces pratiques.

Je signale ici tout particulièrement le travail de clarification que le docteur Hélène Assali, allopathe convaincue, a bien voulu mener pour aider ses lecteurs à s'y retrouver dans la jungle des médecines complémentaires. Dans son *Dictionnaire des pratiques de la médecine complémentaire*[4], elle a recensé plus de 100 disciplines différentes en médecine complémentaire, qu'elle a classées méthodiquement et dont elle a décrit les grands procédés.

Ce travail me semble essentiel pour jeter les bases d'un assainissement de ce domaine. On ignore trop souvent que la médecine complémentaire obéit à des règles qui font l'objet d'analyses, de consensus, parfois

4. Paru en novembre 2021 (éditions Culture & Racines).

de discussions animées entre leurs fondateurs. Il est important de s'y référer pour éviter les imposteurs.

Comment identifier les charlatans en médecine complémentaire ?

Plusieurs signaux doivent vous inquiéter lorsque vous rencontrez un praticien de médecine complémentaire.

La première chose est de bien reprendre le *Dictionnaire* d'Hélène Assali et de confronter les pratiques auxquelles vous assistez avec les règles cardinales de la discipline, telles qu'elles sont décrites dans le dictionnaire. Si vous consultez un naturopathe qui vous parle de vos chakras, et à moins que vous ne soyez convaincu par cette question de chakras, vous pouvez commencer à vous poser des questions.

Un élément important dans l'évaluation du praticien que vous avez face à vous est par ailleurs lié à son niveau de diplôme dans la discipline qu'il exerce. Si votre praticien est débutant, ou a reçu une formation uniquement par correspondance, vous risquez une déception. Assurez-vous, en tout cas, que la personne face à vous a réellement appris la discipline qu'il exerce, et qu'il n'est pas un bonimenteur.

Mais un signal plus important doit éveiller votre attention. Il s'agit de la renommée de la personne. Les bons praticiens de médecine naturelle sont généralement très sollicités car ils ont bonne réputation. Le bouche à oreilles les porte. Si le praticien que vous consultez est diplômé depuis dix ans et cherche désespérément des clients, vous pouvez penser qu'il n'a pas guéri grand monde dans sa vie et qu'il y a un problème.

En tout cas, si le praticien tente, à un moment ou à une autre, de vous faire entrer dans une sorte de labyrinthe où vous vous sentez perdu, il est probable que ses recommandations ne vous conviennent pas.

Prévenir plutôt que guérir

Dans tous les cas, la médecine complémentaire « traditionnelle » se distingue par son approche différente de la maladie et de la santé.

D'une manière générale, l'objectif de ces médecines est de préserver la bonne santé plutot que de soigner la maladie, et de rétablir l'harmonie générale de la personne plutôt que de ne s'occuper que tel ou tel symptôme isolé. Les adeptes de la médecine naturelle aiment dire que l'allopathie s'occupe des symptômes alors que la médecine naturelle s'occupe des causes des maladies.

Je ne sais pas si cette phrase reflète fidèlement toute la réalité, mais il est sûr qu'elle lui correspond largement.

Je pense ici au diabétologue Grimaldi, ancienne éminence de l'hôpital universitaire de la Pitié-Salpêtrière à Paris, qui déclarait il y a une dizaine d'années dans la presse que l'on pouvait boire plus d'un litre de soda chaque jour sans risquer de devenir diabétique. Voilà un médecin, par ailleurs grand défenseur de la sécurité sociale, qui avait oublié de dire qu'il était stipendié depuis de longues années par l'industrie du sucre et par des laboratoires pharmaceutiques, en plein dans la posture de l'allopathe classique : son conseil se limite à traiter les symptômes des maladies (grâce auxquelles il s'enrichit) sans chercher à les éviter.

La médecine naturelle propose pour l'essentiel une logique différente. Elle suggère de ne pas attendre d'être malade pour se soigner ! Et d'identifier les carences structurelles ou les déséquilibres internes, au sens large, susceptibles de vous rendre malade tôt ou tard.

Cette médecine, lorsqu'elle propose d'ingérer des potions, ne fait pas appel à la chimie mais aux plantes.

De mon point de vue, l'un des premiers actes de la sécession sanitaire consiste à instaurer un rapport de subsidiarité entre la médecine naturelle et la médecine allopathique : il ne faudrait consommer de produit chimique que si et seulement si on a épuisé les bienfaits des autres médecines respectueuses du corps.

VII. FAIRE SA SÉCESSION NUMÉRIQUE

Dans la masse colossale de mails que je reçois chaque jour, il y en a un que j'apprécie particulièrement : c'est le « *Google Maps Timeline* », qui récapitule mes trajets durant le mois écoulé. La précision et l'efficacité de ce mail que je n'ai jamais sollicité sont vraiment bluffants. J'en produis un extrait ci-dessus : Google me dit combien de pays j'ai visité, combien de villes, quelles villes, quels lieux dans ces villes, combien de kilomètres j'ai parcouru à pied ou en voiture, en combien de temps. Google me propose même un historique de tout cela sur plusieurs mois.

Bref ! Google sait tout de mon emploi du temps, avec une mémoire infaillible très supérieure à la mienne.

Voilà un outil de « *tracing* » épatant, qui permet à n'importe quel opérateur de disséquer ma vie privée.

Je sais que beaucoup de gens se disent : qu'importe, je n'ai rien à cacher ! Et c'est le propre de nos contemporains que de se penser honnêtes et donc à l'abri de toute poursuite de la part de l'État, à qui

Google transmet allègrement ses données sur simple demande policière. Leur naïveté est touchante, car ils ont oublié, ou n'ont pas compris, que le propre d'un État totalitaire est d'inquiéter les gens honnêtes, et donc d'inventer des délits pour justifier un climat de peur.

Google prépare donc l'avènement d'un régime où l'État interdira, au nom du bien, de parcourir plus d'un kilométrage donné, chaque mois, en voiture, pour sauver la planète. Ou interdira de fréquenter certains endroits sans motif valable, par exemple certains quartiers de Paris où le nombre de touristes est trop élevé. Ou sanctionnera ceux qui ne marchent pas assez chaque jour.

Par exemple, je m'aperçois que, au mois de mars, je n'ai pas parcouru les 100 kilomètres à pied que l'État pourrait considérer comme le minimum vital. J'ai raté la cible de 2 kilomètres. On peut tout à fait imaginer un monde où ce genre de faute entraîne une majoration des cotisations de sécurité sociale, ou une amende automatique.

Toute cette dystopie est désormais possible sans grand effort. Les technologies existent, et les infrastructures techniques aussi. Il n'y a plus qu'à relier les données collectées par Google avec les données de l'assurance-maladie ou les données fiscales pour passer à l'étape suivante.

L'ère de la dictature numérique

L'erreur consisterait à penser que la surveillance numérique se limite à votre smartphone. Certes, cet outil est un redoutable espion qui permet à l'État de tout savoir sur vous pour peu que les fournisseurs de données transmettent les informations qui vont bien. Nous y reviendrons.

Mais il faut avoir conscience que l'épidémie de coronavirus a donnée aux pouvoirs policiers l'opportunité d'avancer grandement dans leurs projets de mise sous surveillance.

En France, par exemple, en décembre 2020, des décrets sont passés autorisant le fichage de tous les citoyens selon leurs opinions philosophiques. L'année suivante, le Parlement a adopté une loi autorisant la reconnaissance faciale en temps réel des personnes participant à une manifestation.

À la faveur de l'angoisse créée par le coronavirus, et artificiellement gonflée par le cartel des médias subventionnés, personne n'a rien trouvé à redire à ces évolutions cataclysmiques pour la démocratie.

Un récent rapport du Sénat s'est par ailleurs déclaré favorable à un élargissement de la reconnaissance faciale dans l'espace public. Il est en particulier fortement question que la SNCF soit autorisée à procéder à la reconnaissance faciale des personnes masquées dans les gares et les trains.

Ce type d'innovation montre bien que la violation de la vie privée n'est plus seulement le fait de votre téléphone, dont l'État récupère vos données, mais qu'elle sera bientôt commise à chaque coin de rue par l'État lui-même.

Je sais, et j'insiste sur ce point, que beaucoup de gens s'imaginent être à l'abri des tourments parce qu'ils sont ou parce qu'ils se croient honnêtes. Je me souviens par exemple d'un ami belge qui trouvait l'État trop laxiste en France et appelait de ses voeux à un durcissement des contrôles. Il n'avait qu'un reproche à faire à la France : le fisc avait la possibilité de saisir directement les sommes qu'il réclamait, ce qui, pour cet ami, était injuste. Selon lui, mal calculer ses revenus n'était pas une faute... Et je me suis aperçu ce jour-là que beaucoup de gens qui se croient honnêtes et le proclament sans vergogne finissent toujours par avoir quelque chose à se reprocher.

Le projet d'identité numérique de la Commission Européenne

Au demeurant, il y aurait une autre forte naïveté à croire que cette dictature numérique qui couve et qui est d'ailleurs déjà largement mise en place (mais encore le plus souvent à notre insu) relève d'initiatives isolées ou prises au petit bonheur la chance par des services de police épars.

En réalité, il existe un projet européen cohérent, « urbanisé » diraient les informaticiens, de mise en place d'une identité numérique qui rassemblerait tous les compartiments de la vie privée. Il s'agit du fameux « *wallet* » de la Commission Européenne, qui fait partie de la feuille de route d'Ursula Von Der Leyen.

Ce projet a franchi les murs de la forteresse bruxelloise pour connaître une forme de popularité due à sa mauvaise réputation. Le « *wallet* » devrait regrouper les données d'identité classiques, mais aussi les données de santé, notamment les données en matière de vaccination, et les données bancaires. Tout le monde a compris qu'il s'agit de l'ossature grâce à laquelle l'Union Européenne pourra mettre en place un crédit social perfectionné, empêchant par exemple un consommateur d'acheter plus qu'une quantité donnée de carburant chaque année, ou dégradant les droits des personnes qui ne seraient pas vaccinées, par exemple en plafonnant leurs achats à un maximum mensuel.

Beaucoup refusent de regarder en face ce projet dystopique, considérant (comme le leur soufflent à l'oreille les médias subventionnés et leurs sbires bien-pensants) qu'il s'agit d'une élucubration complotiste. Pourtant, il ne se passe pas une semaine sans que des informations ponctuelles ne confirment ce projet d'ensemble.

Par exemple, la Commission Européenne a annoncé son intention de mettre en place une base de données européennes de santé, qui lui permettra de savoir qui, dans l'Union, est à jour de ses vaccins et qui ne l'est pas. En France, la Haute Autorité de Santé planche sur la mise en place d'un outil d'aide à la décision pour compléter le carnet de vaccination numérique. Grâce à cet outil, il sera possible de dresser des listings de non-vaccinés pour bloquer leurs accès aux soins.

Autrement dit, étape après étape, la Commission

Européenne franchit, et vérifie que les États-membres eux-mêmes franchissent les étapes de ce grand projet de contrôle numérique des populations. Son achèvement doit aller de pair avec la mise en place de l'euro numérique, prévue pour 2024.

Grâce à cette nouvelle monnaie dont peu d'Européens ont compris l'impact, la Commission Européenne pourra affirmer sa puissance en contrôlant nos vies et en rendant impossible l'existence des dissidents.

Basculer dans un autre modèle

On comprend le caractère « holistique », totalitaire, de ce modèle qui se met en place à pas de loup : les outils numériques permettront de nous surveiller comme des lions en cage, et de nous couper les vivres le jour où nous déciderons de ne plus obéir. C'est tout l'intérêt de nous faire vivre dans des pièges de cristal et de relier les moyens de paiement aux contrôles numériques.

Ce système de surveillance repose très largement sur l'absence d'indépendance vitale qui se répand, nourrie par les projets de *Great Reset*. Bientôt, plus personne ne sera propriétaire de son argent, de ses biens, de son travail. En tout cas, les marges de propriété seront sans cesse réduites, avec la théorie de la « densification de l'habitat », qui est l'appellation écologique pudique pour annoncer l'expropriation des maisons individuelles, et l'installation plus ou moins forcée dans des appartements en location.

Ce modèle où la propriété privée est assimilée à une menace pour l'environnement, donc pour la survie de l'espèce humaine annonce un totalitarisme proche des thématiques communistes. Une dépendance totale des individus vis-à-vis d'un État tyrannique et policier qui s'arroge le droit de bafouer les libertés fondamentales au nom du bien supérieur de l'humanité s'instaure.

C'est pour cette raison que beaucoup préconisent aujourd'hui de se redonner des marges d'indépendance ou d'autonomie quotidienne, notamment en pratiquant une forme de survivalisme qui permettrait le troc le moment venu. Ce projet est notamment au cœur du réseau Solaris, qui propose une mutualisation des bonnes volontés entre ses adhérents, pour éviter l'intermédiation mercantile ou bureaucratique qui permet de contrôler nos vies.

Nul ne sait l'ampleur que ce mouvement d'autonomisation des individus, notamment par le recours au troc et au don finira par prendre. Mais le ton est donné : si vous voulez échapper à la dictature numérique, qui passera tôt ou tard par la mise sous tutelle des échanges monétaires et par leur subordination à des considérations d'obéissance, vous devez mettre en place un système d'échange alternatif.

Cette alternative doit être monétaire, mais aussi physique.

L'alternative monétaire est longue à mettre en œuvre, et elle est essentiellement collective. Je la crois possible, parce que l'intelligence spontanée des peuples est souvent beaucoup plus efficace qu'on ne l'imagine et que ne le laissent croire les membres de la caste qui en parlent. Mais elle mériterait une monographie spécifique.

Je voudrais donc surtout m'appesantir sur l'alternative physique, c'est-à-dire sur les moyens concrets d'échapper à la surveillance numérique de nos échanges avec autrui.

Savez-vous qui vous surveille ?

J'ai commencé ce chapitre en évoquant la surveillance dont nous faisons l'objet de la part des

GAFAM : Google trace nos déplacements, comme Facebook d'ailleurs, et comme une infinité d'autres applications installées sur nos smartphones, qui nous demandent discrètement si nous acceptons qu'elles nous géolocalisent. Facebook, comme Google, savent par ailleurs ce que nous échangeons sur leurs réseaux : nos conversations (WhatsApp compris) leur sont transparentes dès lors qu'elles circulent sans chiffrement dans leurs tuyaux.

Mais au-delà de ces moyens pour ainsi dire légaux de surveillance, il existe un arsenal de techniques d'espionnage. Ce sont les microphones et les caméras installés sur vos appareils qui vous enregistrent à votre insu, ce sont les applications malveillantes qui permettent de contrôler les données installées sur votre téléphone.

Tous ces dispositifs sont aussi utilisés pour « coloniser » votre ordinateur, ou l'ensemble de vos appareils connectés (à commencer par les « box » qui vous distribuent la télévision).

Pour l'écrasante majorité d'entre nous, cette surveillance est indécelable. Certains imaginent naïvement qu'il suffit d'éteindre son appareil pour le rendre inopérant. C'est une erreur : même éteint, un smartphone peut être contrôlé à distance.

Il existe des applications (payantes) qui permettent de vérifier si vos appareils sont utilisés à votre insu. Si vous ne souhaitez pas payer un abonnement pour exercer cette vérification (qui sera toujours partielle), vous pouvez vous-même exercer quelques contrôles simples.

Par exemple, si votre écran de téléphone s'allume seul, ou si vous vous apercevez que l'icône de micro de WhatsApp s'allume soudain sans que vous n'ayez touché à votre appareil ni ouvert l'application, vous pouvez être sûr que les oreilles indiscrètes de la police sont branchées...

Je ne vais pas vous énumérer la totalité de mes aventures en matière d'espionnage, car elles seraient trop longues. Je me contenterai de vous dire que, très régulièrement, quand je prononce quelques mots-clés, je m'aperçois que mon application Google Calendrier se lance (alors même que je l'ai désactivée) sur mon smartphone, et je peux alors lire pendant quelques secondes les retranscriptions automatiques de mes propos sur mon écran. Je sais alors que les services de renseignement procèdent à la consignation de mes propos.

Faut-il s'empêcher de vivre pour échapper à la surveillance ?

Dans les premières semaines où j'ai compris que j'étais sur écoute permanente, ma femme a relativement souffert de cette violation de notre vie privée, qui l'a aussi concernée dans la mesure où son smartphone s'est mis à faire des bruits bizarres. Dans mon cas, il est vrai que certaines conversations ou certaines réunions auxquelles je participe peuvent être utiles à connaître par la police du régime. Donc je comprends que cette police fasse son travail consciencieusement.

Je me suis habitué à vivre avec ce contrôle en distinguant trois moments essentiels dans mes journées. Les premiers moments sont ceux (majoritaires, en termes de temps) où mes activités n'ont aucun intérêt pour la police : quand je fais mes courses, quand j'accompagne ma fille à l'équitation, quand je prends le métro et que je laisse mes pensées divaguer. Un deuxième type de moment est celui où je n'échange pas de « secrets d'État », mais où me tracer peut être utile : savoir où je déjeuner, avec qui je déjeune, dans quel lieu je me rends. Un troisième type de moments est celui où des informations gênantes transitent par moi, gênantes soit parce qu'elles renseignent sur des activités dissidentes, soient parce qu'elles dévoilent des stratégies personnelles qui permettraient tôt ou tard, du moins la police le croit-elle, de me « tenir ».

Je recommande à chacun de faire comme moi : d'aborder l'exercice avec sérénité et confiance. L'enjeu de celui qui veut déjouer la surveillance numérique est d'élargir au maximum la plage des premiers temps, ceux où votre vie ne présente aucun intérêt pour la police, de bien maîtriser les deuxièmes temps, ceux où vous renseignez les services secrets pour ainsi dire à votre insu, et d'éviter le contrôle policier sur les troisièmes temps.

Il y a, de mon point de vue, un point essentiel à retenir pour gérer sans souci majeur la surveillance du régime : limitez au maximum les aspects cachés de votre vie pour la vivre pleinement. Mettez-vous en règle avec la loi, évitez de frauder le fisc et, si vous avez une maîtresse, expliquez-le à votre femme et faites-en sorte qu'elle le vive bien. C'est le meilleur antidote contre les tracasseries policières.

Apprendre à dissimuler, comprendre la clandestinité

Même en réduisant au maximum les zones d'ombre de votre vie, il reste des moments où vous ne voulez pas que la police se mêle de vos affaires. Voici quelques trucs pour écarter les oreilles indiscrètes.

D'abord, je voudrais lister les erreurs à ne pas commettre.

Si vous voulez en avoir une vision claire, renseignez-vous sur la façon dont la police chinoise identifie les dissidents ouïghours : toutes les personnes qui éteignent trop souvent ou trop longtemps leur téléphone portable sont inquiétés, et souvent arrêtées pour activités illégales. Cela signifie que la police n'a pas le temps d'écouter tout le monde, et qu'elle s'intéresse surtout aux gens dont le comportement s'éloigne de la moyenne.

N'imaginez pas que seule la Chine soit capable de ce genre d'ignominie. En France, le rapport Tirole-Blanchard, du nom de deux économistes célèbres, proposait à Emmanuel Macron de doter Bercy d'algorithmes permettant d'identifier les entrepreneurs probables fraudeurs au fisc selon un modèle proche du système appliqué aux Ouïghours (preuve est donc faite que l'on peut être prix Nobel d'économie et détester les libertés).

Pour l'instant, la loi française n'autorise pas l'arrestation des suspects, comme en Chine, mais on insistera sur le caractère temporaire de cette particularité. Il n'en reste pas moins que si vous ne voulez pas attirer l'attention de la police, il vaut mieux conserver une véritable régularité dans vos comportements.

Concrètement, si vous décidez d'adhérer à la Ligue de Lutte contre les 80 km/h récemment créée par votre ami d'enfance, ne vous contentez pas de n'éteindre votre téléphone que pendant les réunions de cette ligue, surtout si celle-ci accueille d'anciens Gilets Jaunes et des soutiens affichés de l'OAS ou d'Alain Soral. Éteignez-le tous les jours à la même heure. Cela sera moins inquiétant.

Bref, si vous voulez passer inaperçu, ayez des comportements réguliers et prévisibles.

Le mythe du four à micro-ondes

Il se trouve que, dans mon cas, personne ne peut croire que j'ai une vie parfaitement normale. Ceux qui me surveillent savent donc qu'une partie de mon temps est consacrée à des activités qui seront tôt ou tard qualifiées de complot.

En réalité, la surveillance qui s'exerce alors vise plus à faire du renseignement stratégique (savoir ce qui se trame et faire des notes « d'ambiance » pour le pouvoir où mon mauvais caractère occupe une part substantielle des récits) qu'à éviter des activités illégales que je n'ai pas. Pour faire perdre du temps aux services, j'utilise quelques techniques simples.

D'abord, j'ai abandonné le placement du téléphone dans le four à micro-ondes supposé faire cage de Faraday et empêcher les ondes de passer. Je n'y crois pas un instant, et j'ai pu observer que la méthode ne fonctionnait pas. Je préfère, et de loin, placer mon téléphone et celui de mes invités le plus loin possible de la pièce où nous nous réunissons, et je mets ensuite de la musique dans la pièce où nous parlons, en tournant les haut-parleurs dans la direction de l'endroit où les téléphones sont stockés.

Mais la méthode la plus sûre, de mon point de vue, consiste à identifier un bar ou un restaurant avec un patron de confiance qui accepte de garder les téléphones près de lui, au bar, pendant que je discute avec mes amis autour d'une table éloignée, et, de préférence, à l'abri des regards extérieurs. Pour peu que le patron mettre de la musique, ou que sa salle soit pleine, et le tour est joué : le son des conversations devient inaudible.

Que penser des téléphones sans surveillance ?

Les amateurs de technologie se tourneront vers les « téléphones sans surveillance » pour échapper au pire. Il s'agit de téléphones sécurisés supposés empêcher les oreilles indiscrètes.

La formule peut être intéressante, mais elle peut vous coûter très cher : certains téléphones sont annoncés à plus de 3000 €, ce qui suppose que vous ayez de gros secrets à cacher pour justifier un pareil investissement. Si votre enjeu est de seulement ne pas divulguer en avant-première la date de votre prochaine réunion conspirative, je ne suis pas sûr que le jeu en vaille la chandelle. C'est encore moins le cas si le seul secret que vous cachez est une copie d'écran sur laquelle on voit apparaître un mail envoyé à tout un service ou à toute une entreprise.

Je prends cet exemple parce qu'il m'est arrivé. Une salariée de l'Assistance Publique, au demeurant très gentille, m'avait demandé de la voir personnellement un week-end pour me montrer, avec des airs de James Bond, un message de Martin Hirsch... envoyé sur toutes les boîtes de l'Assistance Publique. Elle avait peur de me le transférer car elle craignait d'être licenciée pour ce manquement !

Si vos secrets à cacher se limitent à cela, n'achetez pas un téléphone à 3000 € pour le faire...

Il faut surtout avoir un souvenir en tête : la technologie évolue très vite, et les téléphones qui proposent des communications cryptées font l'objet d'intenses recherches de la part des services. Rien n'exclut donc que ces services soient capables de « craquer » les chiffrements et d'avoir accès aux données que vous cherchez à dissimuler.

Restez méfiants, donc, et ne vous faites pas plumer.

D'ici là, désactivez chaque fois que vous le pouvez les fonctions de géolocalisation de votre téléphone, et n'autorisez pas les applications à accéder à vos données. Ce sont de véritables passoires qui peuvent vous trahir.

Comment communiquer avec votre téléphone : les réseaux sociaux

Un problème se pose lorsque votre téléphone ne sert pas de micro embarqué pour enregistrer vos conversations à votre insu : que peut-on écrire sur son smartphone sans que la moitié de la planète ne puisse le lire ?

Il me semble que tout le monde a compris, désormais que les conversations par SMS ou par WhatsApp, propriété de Facebook, étaient de véritables passoires dont le contenu n'échappait à personne, ou, en tout cas, à aucun service allié des États-Unis. Le problème se pose de savoir par quel réseau social communiquer pour conserver un peu de confidentialité.

Il faut prendre cet exercice avec humilité, car, là encore, les services de renseignement ont confié le piratage des réseaux à leurs meilleurs limiers. C'est ainsi qu'une start-up israélienne a affirmé, il y a quelques années, avoir craqué le code du réseau Signal. Je ne sais pas si c'est vrai, mais, dans la foulée, une campagne d'information a prétendu que Signal était le réseau crypté le mieux protégé du monde, ce qui a poussé beaucoup de gens à télécharger ce produit. J'en ai déduit qu'effectivement le code de l'application avait été « craqué » et qu'une manipulation de masse poussait à l'utiliser pour pouvoir piéger les utilisateurs.

Je préfère personnellement utiliser Telegram, une application russe décentralisée, qui me paraît mieux sécurisée. Mais je serais incapable de prouver que c'est vrai.

Je dirais simplement qu'il vaut mieux faire preuve de prudence en privilégiant les réseaux décentralisés, c'est-à-dire sans serveur central et sans intelligence unique facile à pirater pour avoir accès à tout. Telegram répond à ce critère.

Dans tous les cas, la prudence doit être de mise : nul ne sait réellement quels sont les réseaux sécurisés et impénétrables. Dans le doute, divise-toi : le mieux est de diviser une même conversation entre plusieurs réseaux, chaque réseau hébergeant « un bout » du raisonnement : cette technique retarde le travail d'espionnage, à défaut de pouvoir

La question des mails

Le même problème se pose sur les mails : comment échanger en toute sécurité ?

Il existe des boîtes mails chiffrées de bout en bout, comme Protonmail. Ce dispositif ne fonctionne toutefois que si l'émetteur et le destinataire sont chiffrés par le même réseau, c'est-à-dire par Protonmail. Si vous recevez, sur votre boîte Protonmail, un message provenant d'un utilisateur de Google, vous pouvez être sûr que la CIA a reçu ce mail avant vous, surtout s'il est intitulé : « Attentat : Ben Laden ».

Les mêmes remarques valent pour les boîtes dépendantes de Bill Gates, comme Outlook ou Hotmail.

D'une manière générale, la prudence s'impose donc aussi dans l'envoi des mails, qui sont exposés à tous vents. Il faut toutefois prendre ce sujet avec un peu de philosophie et ne pas trembler dans vos braies chaque fois que vous envoyez ou que vous recevez un mail que vous pensez important. Il y a souvent loin entre la coupe de votre importance et les lèvres de l'urgence politique.

Si vous avez vraiment un doute : faites comme moi ! N'échangez aucun e-mail important, et n'en parlez jamais au téléphone. Rencontrez plutôt votre interlocuteur et parlez-lui directement en minimisant les risques que des oreilles indiscrètes vous écoutent.

Si l'échange virtuel est incontournable entre vous, utilisez des boîtes de transfert de fichier comme SwissTransfer qui compliquent le piratage.

Le secret : la décentralisation

Dans tous les cas, retenez un point majeur : si la police veut connaître le contenu de vos échanges numériques, elle a les moyens de le savoir. Il ne sert donc à rien de vous mettre la rate au court bouillon pour réussir une mission impossible.

La meilleure solution est de compliquer son travail en vous décentralisant, c'est-à-dire en multipliant les sources d'émission, au besoin en intercalant des rencontres physiques dans le processus d'échange. N'hésitez pas à créer sept ou huit boîtes mails, certaines cryptées, d'autres non, en prenant soin de vous doter de mots de passe différents, n'hésitez pas à transmettre vos documents tantôt par mail, tantôt par les réseaux sociaux, tantôt par les boites de transfert sécurisées. Multipliez les pseudonymes derrière lesquels vous agissez. Soyez imprévisibles. Brouillez les pistes. Compliquez leur travail. Ouvrez des boîtes mail à l'étranger. Et n'oubliez jamais que votre sécurité ne sera jamais garantie totalement.

Vous pourrez simplement les retarder.

Bref, soyez agiles, soyez habiles. C'est votre meilleure protection.

VIII. SÉCESSION SCOLAIRE ET DÉSOBÉISSANCE CIVILE

L'école, et particulièrement l'école publique (avec son succédané à peine plus fréquentable, l'école privée sous contrat), est devenue le vecteur privilégiée de la mondialisation voulue et portée par la caste.

D'une part, l'école en France porte avec constance une logique de décortication au sens propre, c'est-à-dire de destruction méthodique du cortex. L'apprentissage y est tout entier fondé sur la répétition et l'absence d'esprit critique. Nous pourrions même parler de haine de l'esprit critique, tant toute parole qui s'y éloigne de la doxa mondialiste y est non seulement bannie mais sévèrement persécutée.

Dans le drame vécu par ce pays depuis le mois de mars 2020, chacun a pu faire l'expérience de l'importance soudain revêtue par l'obéissance dans le processus politique. Faire obéir le citoyen, lui faire accepter pacifiquement la violation et même la privation de ses libertés, est devenu l'enjeu cardinal de la gouvernance dans les sociétés anciennement démocratiques. On voit bien que les petits Français ont bénéficié d'un conditionnement à cette fin dès leur plus jeune âge.

D'autre part, l'école en France est devenue un lieu de répression sociale et d'application aveugle pour toutes les balivernes de la dictature sanitaire. Alors qu'aucun enfant n'a développé de forme grave du coronavirus, le gouvernement rêve d'instaurer la vaccination obligatoire dès le plus jeune âge, au mépris de l'analyse bénéfice-risque. Cette pulsion n'est certainement pas dictée par des considérations de santé, mais par le besoin d'endoctriner toute la société dès le plus jeune âge dans un ordre totalitaire dont j'ai montré, dans le chapitre consacré à la sécession médicale, qu'il se présentait sous une forme religieuse remplaçant les rites et symboles du christianisme.

Pour toutes ces raisons, il est donc impératif de pratiquer la sécession scolaire. L'urgence devrait rapidement être de placer nos enfants à l'abri d'une injection dangereuse pour leur santé et, à plus long terme, de les placer à l'abri de l'endoctrinement mondialiste béat qu'ils subissent quotidiennement.

Les obstacles légaux à la sécession scolaire

Sans surprise, l'enseignement, qui est centrale dans l'organisation politique pour les raisons que nous venons de voir, est protégé par des obstacles juridiques contre toute tentative de sécession.

Les programmes nationaux sont stricts, et personne n'a la faculté de prétendre enseigner sans les respecter. C'est un frein important à la reconquête de la liberté pédagogique.

Surtout, l'interdiction récente de « l'école à la maison » pose un véritable problème à tous ceux qui souhaiteront ou souhaitent déjà s'émanciper de l'enfermement scolaire. De façon très révélatrice, l'école à la maison a fait l'objet d'une interdiction quelques mois seulement avant le confinement... durant lequel l'éducation nationale a forcé les enfants à rester chez eux, avec une sorte d'enseignement par Internet qui s'est mis en place.

Les autorités de notre pays auraient voulu démontrer le caractère politiquement intéressé, calculé, de cette interdiction, et son absurdité pédagogique, qu'elles ne s'y seraient pas prises autrement.

Il est devenu soudain clair que l'objectif réel du gouvernement, derrière les motivations prétendument anti-islamistes de sa mesure, était de conserver son hégémonie sur l'éducation des enfants en empêchant les familles d'en reprendre la direction.

L'interdiction de l'école à la maison pose un sérieux problème à la démarche de sécession, dans la mesure où, si elle ne l'interdit pas de fait, elle en complique singulièrement l'exercice. Elle oblige en effet les parents qui ne veulent plus envoyer leurs enfants à l'école pour éviter qu'ils ne soient vaccinés, à créer des structures alternatives, qui seront d'ailleurs légalement soumises à l'obligation de vaccination.

Autrement dit, l'arsenal juridique qui s'est développé durant le premier mandat d'Emmanuel Macron contraint les parents à une forme de désobéissance civile sur laquelle nous allons revenir.

La question de l'école privée hors contrat

Une alternative pour la sécession scolaire sans désobéissance civile manifeste (c'est-à-dire sans décision de violer la loi en scolarisant ses enfants à la maison) peut être d'inscrire son enfant dans une école privée hors contrat, ou, mieux encore, de créer cette école.

Le principe de ce type de structure est simple : ce sont les parents qui la financent directement (là aussi, nous y reviendrons). En revanche, elles doivent répondre à un cahier des charges complexe, notamment pour tout ce qui touche à la sécurité des locaux et à l'hygiène de la restauration, qui peuvent en décourager plus d'un.

Dans la pratique, les écoles créées sur ce modèle coûtent plusieurs milliers d'euros chaque année aux parents, ce qui constitue un véritable investissement.

Il est légalement possible de transformer une partie importante de ces frais en crédit d'impôt. C'est le cas pour les frais de restauration et d'hébergement de façon assez simple, et ce peut aussi être le cas pour une grande partie des frais de scolarité proprement dite, pour peu que ceux-ci soient versés sur le compte d'une fondation qui finance l'école et donne droit à des déductions fiscales partielles.

On entre ici dans une ingénierie financière qui n'est déjà plus à la portée des premiers venus, et qui illustre la complexité des astuces auxquelles il faut se confronter pour contourner la dictature scolaire qui se met en place.

Pour réduire les coûts de l'enseignement privé hors contrat, je sais par ailleurs que certaines structures optent pour des fonctionnements relativement souples, avec seulement deux jours de scolarité par semaine, et le reste du temps passé à la maison. Cela limite les temps d'enseignement en présentiel et donc les coûts de fonctionnement scolaire.

En aucun cas, ces dispositifs ne permettent aux parents qui financent directement l'éducation de leurs enfants de ne plus financer, par leurs impôts, l'école publique ou privée sous contrat à laquelle ils sont sommés de pourvoir sans en bénéficier.

La question épineuse du chèque scolaire

L'équité devrait consister à ne plus utiliser l'impôt pour financer certaines structures scolaires mais pas d'autres. Le système de l'éducation nationale fonctionne à l'inverse de cette équité, puisqu'il oblige tous les contribuables à financer des écoles partisanes et idéologisées qui ne profitent qu'à certains enfants.

Si des parents souhaitent soustraire leurs enfants à ce système, ils sont néanmoins sommés de le financer.

Ce qu'on appelle le chèque scolaire inverse la logique en vigueur. Au lieu de financer les structures scolaires, il consiste à verser une somme d'argent à chaque parent pour que celui-ci puisse financer les études de ses enfants. Dans ce système, les impôts ne servent plus à verser des salaires aux enseignants, mais plutôt des chèques aux parents qui le reversent aux enseignants de leur choix, employés dans l'école de leur choix.

Dans la pratique, le chèque scolaire préserve le budget de l'Education Nationale, mais au lieu de le gaspiller pour entretenir une énorme machine bureaucratique qui sert à recruter les enseignants, à suivre leur carrière, à assurer leurs mutations selon des « barèmes », à gérer leur situation, l'argent est versé aux parents pour assurer les frais de scolarité de leur enfant dans une école qu'ils ont choisie.

Il s'agit bien entendu d'une énorme révolution qui constituerait un immense traumatisme collectif, mais un traumatisme que je crois salutaire. Beaucoup de parents peuvent constater que les enseignants publics ont l'illusion d'appartenir à une profession libérale détentrice d'un savoir exclusif et mystérieux dont les parents doivent être exclus. Ces enseignants tendent à ne jamais associer les parents à la vie de leur classe, et beaucoup de parents ont le sentiment que le rôle se limite à « déposer leur enfants à l'école » le matin, à le « récupérer » le soir, comme s'il s'agissait d'un paquet. Entre les deux, la vie de leur enfant appartient à d'autres sans compte-rendu, sans collaboration, sans explication claire.

Cette confiscation de l'éducation est l'une des raisons pour lesquelles le niveau des élèves baisse constamment, et le respect pour les enseignants est en souffrance. L'éducation en France se construit autour d'un fossé entre l'école et la famille qui conduit à notre perte.

Seul un changement profond des règles du jeu permettra d'y remédier, mais il ne se produira probablement pas dans la joie et dans la bonne humeur.

Face à l'ampleur de cette tâche, il faudrait une mobilisation politique colossale pour que les parents obtiennent la mise en place du chèque scolaire, c'est-à-dire le remplacement du système actuel en administration directe par un système de délégation en libre choix. Cette mobilisation serait possible, mais elle suppose beaucoup d'efforts et un affrontement politique avec les pouvoirs publics, et probablement un affrontement difficile avec les enseignants, ou avec un grand nombre d'entre eux.

Nous touchons ici aux premières limites de la sécession scolaire : pour être équitable et durable, celle-ci devrait s'appuyer sur une visée politique simple à concevoir mais difficile à mettre en œuvre. Financer l'effort des parents au lieu de financer les enseignants est un concept intuitif facile à comprendre, mais il se heurte aux intérêts en place que seule une crise profonde du système actuel et une conscientisation importante des parents permettrait d'atteindre.

On comprend ici que la sécession scolaire est partiellement possible avec une mobilisation spontanée des parents qui peuvent créer leur école privée, mais elle n'est totalement possible qu'avec un changement politique majeur.

Autrement dit, la sécession peut être commencée individuellement, mais elle ne peut réussir que par un combat politique majeur.

Sécession scolaire et vaccination obligatoire

Reste que même une école privée hors contrat sera obligée de mettre en oeuvre la vaccination obligatoire des enfants si celle-ci est décidée par les pouvoirs publics. Autrement dit, si le gouvernement subordonne la scolarisation des enfants, c'est-à-dire leur admission dans les salles d'école, à la présentation d'un certificat de vaccination en règle, même une école privée hors contrat devra mettre en place cette règle et s'exposera à des sanctions administratives si elle ne la respecte pas.

Autrement dit, la sécession scolaire, si son objectif est d'éviter la vaccination obligatoire des enfants, supposera une forme de désobéissance civile. Elle impose aux structures scolaires sécessionnistes de ne pas appliquer loyalement les règles imposées par l'État et de dissimuler leur véritable nature.

Il s'agit là d'une prise de risque majeure qui nous introduit pleinement dans ce que peut représenter la sécession au milieu d'un ordre politique mondialiste fondé sur l'oppression, et même la répression légale des oppositions.

Pour apporter une protection effective aux droits naturels, cette sécession scolaire présente tous les caractères que nous traiterons dans le prochain chapitre : elle doit être le fait d'une action collective qui peut recourir à la désobéissance civile pour agir et servir le bien commun.

Voilà une orientation inévitable qu'il faut bien comprendre en cas de sécession : tôt ou tard, la relation avec la loi et les pouvoirs publics devient complexe et conflictuelle, et elle oblige à transgresser le corpus légal.

Certains sécessionnistes ont parfois l'impression que la sécession procède par un coup de baguette magique : on se déclare extérieur à la société contemporaine et hop ! Le problème est réglé. Malheureusement les choses ne sont pas aussi simples : la caste n'est pas disposée à perdre le contrôle de la situation, et elle ne laissera pas impunément s'installer des états de fait où ses lois cardinales sont bafouées.

L'inévitable question de la désobéissance civile

La question de la sécession scolaire est palpitante, car elle nous fait basculer dans un autre ordre politique. Elle éclaire les limites d'une démarche qui se contente d'obéir à la loi (parfois en flirtant avec ses limites), et elle montre que, tôt ou tard, l'intolérance et les excès de la caste obligent les gens de bien à lui désobéir pour préserver leurs droits naturels.

Interdire l'école à la maison et subordonner, comme cela est prévisible, la scolarisation à l'injection d'un produit aux effets secondaires avérés constitue une sorte de frontières où le devoir sacré des parents les obligera à désobéir, pour l'essentiel à contre-cœur, mais sans mollir.

Et nous voici face à la question que ce livre a reportée le plus longtemps possible : la sécession peut-elle violer la loi ? Si oui, comment et dans quelles limites ?

IX. LA SÉCESSION EST UN SPORT DE COMBAT COLLECTIF

Depuis que j'évoque régulièrement la sécession, je m'aperçois que certains auditeurs ou lecteurs commettent un contre-sens régulier, que je voudrais corriger aujourd'hui. Dans leur esprit, la sécession ressemble fortement à une entrée au couvent, à un renoncement aux choses séculières : on se retire du monde en bon ordre, et on ne s'occupe plus de ce qui se passe dans la société mondialisée. D'où une abstention permanente pour la vie contemporaine. On s'en absente dans une parfaite indifférence, de telle sorte que l'on ne se bat plus pour la reconnaissance de ses droits politiques.

Plusieurs aspects m'embarrassent dans cette compréhension de la sécession.

Le premier est celui de l'individualisme extrême qu'il sous-tend. Au fond, il serait possible de faire sécession dans son coin, de se replier sur soi-même et, d'un coup de baguette magique, de faire abstraction des autres, et surtout du cadre tyrannique que la caste mondialisée impose. Or nous avons vu au chapitre précédent que, tôt ou tard, la sécession impose une action collective.

Le deuxième aspect qui me gêne est celui du caractère pour ainsi dire contemplatif que certains prêteraient à la sécession. Dans leur vision du monde, il suffirait de se déclarer en sécession pour que rien ne change, ou pas grand chose. Ce serait la même vie, mais vue d'un point de vue aérien, en quelque sorte, comme si on se mettait à survoler le monde sans plus lui appartenir.

Le troisième aspect, qui est un corollaire, est celui du légalisme. Nous pourrions donc faire sécession de ce monde sans être inquiété par les lois en vigueur, ni sans avoir à affronter le courroux de la caste qui exige de nous des choses que nous lui refusons. J'entends régulièrement des personnes hostiles à la vaccination obligatoire me demander comment faire pour résister sans s'exposer à des sanctions légales et, si possible, en passant totalement inaperçu.

Ces directions me paraissent erronées, et quelques éclairages sont ici nécessaires pour donner à la sécession tout son relief.

La sécession porte en elle une vision alternative de la société

La sécession donne à chacun le pouvoir de s'abstraire de la domination verticale de la caste. C'est un formidable pouvoir qui se révèle tout à fait redoutable à condition qu'il soit utilisé intelligemment.

Si la sécession peut ruiner un régime politique, c'est parce qu'elle s'appuie sur le principe fondamental de toute société : la supériorité de l'ordre spontané sur l'ordre vertical ou administré.

Concrètement, cela signifie qu'une société fonctionne mieux sans bureaucratie, sans norme, sans réglementation, elle délivre de meilleurs services, qu'une société ordonnée par une prétendue élite qui prétend corriger les dysfonctionnements inhérents aux humains et leur permettre de dépasser leur condition ou leurs imperfections.

Ce principe est au cœur de ce qu'on appelle le libertarisme, tel qu'il a été défendu depuis plusieurs siècles, notamment dans la fable des abeilles dès le début de l'époque moderne, puis par des auteurs météoritiques comme Frédéric Bastiat. Dans le sillon du traumatisme causé par le nazisme, ce qu'on appelle l'école autrichienne en a repris les fondements. Les amateurs en trouveront l'essentiel dans la *Route de la Servitude* de Friedrich Hayek qui reste, encore aujourd'hui, un ouvrage de référence pour décrypter le « narratif » utilisé par la caste dans son obsession de faire passer sa tyrannie pour un système démocratique.

Un contresens souvent commis sur l'ordre spontané des sociétés consiste à le confondre avec l'ordre du n'importe quoi. Beaucoup de gens pensent avoir besoin de bureaucratie et de règles pour éviter l'instauration d'une jungle humaine où tout serait possible, à commencer par la violence, la rapine, le meurtre. Peu comprennent que la bureaucratie n'élimine jamais la violence, elle se contente de la mettre à son service en la rendant supportable et légitime, du moins en apparence.

Les Gilets Jaunes qui ont été impunément éborgnés par la police durant les manifestations de 2018 et 2019 en savent quelque chose. On a le droit de penser beaucoup de mal de ce mouvement populaire. Mais il est évident que la police officielle l'a réprimé avec une violence qui excède le cadre démocratique prétendument en vigueur dans notre pays. Le fait qu'aucune sanction disciplinaire n'ait été prise contre des policiers qui parfois à bout portant visaient les visages des manifestants avec des armes extrêmement puissantes est en soi révélateur du mensonge sur lequel la bureaucratie s'appuie pour faire croire qu'elle garantit le droit contre « l'anarchie ». En réalité, elle utilise la violence à son profit en disqualifiant artificiellement l'ordre spontané qu'elle confisque.

Sur le fond, cet ordre spontané des sociétés a besoin, pour être préservé, de barrières et de garde-fous, à commencer par des contre-pouvoirs empêchant la confiscation de la spontanéité au profit d'une caste malveillante. Ces barrières et ces garde-fous reposent d'abord sur ce que Montesquieu avait appelé en son temps la séparation des pouvoirs, c'est-à-dire la limitation méthodique du pouvoir accordé au gouvernement.

Depuis l'arrivée du général De Gaulle au pouvoir, la France a renoué avec une vieille tradition centralisatrice et autoritaire qui n'est guère favorable à cet ordre spontané. L'élection d'Emmanuel Macron en 2017 en a sonné le glas définitif, à l'unisson du projet autoritaire de *Great Reset* prôné par la caste mondialisée. Grâce aux techniques que j'analyse dans mon *Agenda du Chaos*[5], la caste, spécialement en France,

5. À paraître aux éditions Culture & Racines.

est parvenue à abolir tous les contre-pouvoirs, à commencer par l'autorité judiciaire, au nom d'une urgence sanitaire dramatisée de toutes pièces.

L'objectif de la sécession est de mettre cette stratégie de confiscation du pouvoir en échec, en nous appuyant sur notre capacité à nous organiser de façon spontanée.

En ce sens, la sécession n'est pas seulement une méthode pour contester le primat de la caste, elle en est une alternative. Elle entend remplacer la verticalité du pouvoir exercé par quelques-uns par l'horizontalité, la liquidité, d'une organisation bien plus puissante, celle du peuple par le peuple.

Les quatre états de la sécession face aux lois

Si je reformule cette ambition collective dont les affirmations individuelles sont l'unique vecteur, je distingue quatre états de l'ordre spontané et de la sécession face aux lois en vigueur.

L'état que nous préférons tous est celui de la conformité. Lorsque les lois ne violent pas nos droits naturels, nous pouvons y obéir sans difficulté. Dans ce cas, la sécession ne nécessite pas de se mettre hors-la-loi.

Un état plus préoccupant est celui d'une loi nous appelant à violer les droits naturels des autres sans pour autant menacer directement notre propre liberté. C'est par exemple le cas du contrôle du passe sanitaire dans les restaurants, sanctionné par une simple mise en garde administrative. Le patron de restaurant peut alors appliquer la résistance passive. Sans s'opposer officiellement à la loi, il prend sur lui de ne pas l'appliquer.

Un troisième état est celui où les lois nous appellent à violer les libertés, et violent les nôtres par la même occasion. C'est le cas de la vaccination obligatoire dans certaines professions. On ne peut s'y soustraire qu'en prenant un risque légal important, notamment celui d'encourir une perte d'emploi. Dans ce genre de situation, la désobéissance civile devient nécessaire. Elle a par exemple consisté, pour certains employeurs, à « fermer les yeux » sur des situations compliquées, et pour certains médecins à certifier qu'ils avaient vacciné des personnes alors que ce n'était pas le cas.

Enfin un quatrième état est celui où les lois en vigueur mettent notre vie en danger. C'est par exemple le cas avec la vaccination obligatoire des enfants, qui provoque plus de risques sanitaires graves que le coronavirus et constitue donc une dangereuse mise en danger de la vie d'autrui. Dans ce cas, l'État nous oblige à la sédition, c'est-à-dire à nous révolter contre l'abus de droit qu'il commet.

On peut voir ici la déclinaison patiente des quatre états de la sécession, dont on voit qu'elle n'est certainement pas un repli sur soi, mais au contraire l'affirmation volontaire, et même enthousiaste, d'une alternative à la société mondialisée que des fantoches tentent de nous imposer. Encore faut-il comprendre quelles conditions doivent être réunies pour se mettre en branle et réussir à paralyser le pouvoir vertical.

Je propose de passer en revue quelques éléments de réponse sur ces différents points.

Un bref guide pour la résistance passive

La résistance passive est le premier stade de violation de la loi. On pourrait presque dire qu'il s'agit d'une violation par omission, ou par inattention. Tel préposé oublie de vérifier un document prévu par la loi, et autorise ainsi un non-vacciné à fréquenter un lieu public qui lui est en principe interdit. Tel animateur de club, tel professeur de yoga, tel entraîneur d'équitation ou de tennis commence son cours sans

« scanner » les QR codes de son ou de ses élèves. Sauf à ce que la police soit particulièrement désœuvrée ce jour-là, ou à ce qu'un délateur fondu du vaccin ne procède à une dénonciation, le risque de se « faire pincer » est totalement nul.

Cette forme de résistance passive est difficile à organiser car elle dépend d'un choix individuel (le préposé décide seul de ne pas agir ce jour-là) qui mélange de la tolérance, de l'humanité, et une forme de capacité à affronter la loi. Pour l'essentiel, la résistance passive repose donc sur les bonnes volontés, et renvoi chacun à sa liberté individuelle d'agir ou non.

Néanmoins, j'ai la conviction qu'il est possible de créer un terreau favorable à la résistance passive, en développant les liens préalables de confiance entre les personnes. Un employé de bibliothèque municipale prend un risque en ne contrôlant pas le passe sanitaire d'une maman qui accompagne ses enfants. Il s'agit peut-être d'une taupe qui va le dénoncer au maire, ou d'une personne trop bavarde qui va se vanter de pouvoir entrer sans problème à la bibliothèque et ainsi, par son indiscrétion, mettre l'employé en danger.

La constitution d'un réseau de confiance me paraît un élément essentiel pour minimiser les risques encourus par les résistants passifs. Jusqu'à Internet et à la profusion des réseaux cryptés, cette confiance relevait de l'exercice d'équilibriste. Désormais, il me semble que l'on peut raisonnablement utiliser les différents canaux numériques pour tisser des liens rassurants.

Certains, je le sais, aiment opposer la relation virtuelle et la relation réelle. Je propose pour ma part, et c'est ainsi que l'association *Rester libre !* que j'ai fondée suggère de fonctionner, d'utiliser l'un comme le complément efficace de l'autre. *Rester libre !* met un forum à disposition de ses adhérents pour pouvoir se regrouper géographiquement et s'organiser dans la vraie vie.

Les sections locales fonctionnent comme autant de liens de confiance. Elles permettent aux gens de se connaître, de se fréquenter, et d'apprendre à se faire confiance pour une résistance passive raisonnée.

J'ajoute que le développement d'applications dédiées, comme *WayWayWay*, l'application de covoiturage que *Rester libre !* a financé[6] pour regrouper tous ceux qui s'engagent à ne pratiquer aucune discrimination en raison de la vaccination, sont aussi

6. play.google.com/store/apps/details?id=com.envyway

l'occasion de créer des communautés affinitaires indispensables pour réussir le projet de la résistance passive face à l'oppression.

Désobéissance civile et objection de conscience vaccinale

La question la plus sensible, la plus imminente sans doute, est évidemment celle de la désobéissance civile à laquelle ceux qui refusent la vaccination obligatoire avec des produits suspects et même dangereux devront rapidement se confronter. Malgré le narratif de l'industrie vaccinale pour nous convaincre de l'innocuité de vaccins conçus à la va-vite, beaucoup continuent en effet à opposer une résistance opiniâtre pour préserver leur santé. Malgré cette résistance, des gouvernements oublieux de ce qu'est la démocratie persistent à vouloir imposer de façon autoritaire la vaccination obligatoire, alors même que celle-ci n'empêche pas la circulation du virus.

Si le gouvernement vous déchoit d'une partie de vos droits civiques parce que vous n'êtes pas vacciné avec ces produits dangereux, ou s'il vous soumet à un impot spécial (par exemple sous forme d'amende) pour la même raison, ou s'il s'en prend à vos enfants, notamment en menaçant de vous déchoir de votre autorité parentale tant qu'ils n'ont pas reçu cette injection qui met leur vie en danger, alors le gouvernement viole vos droits naturels et vous met en position d'organiser une vaste désobéissance civile.

Celle-ci consiste à refuser d'obéir aux instructions liberticides.

Partant de cette orientation générale, il me semble efficace de fixer à celle-ci la poursuite d'un objecif rationnel et constructif. On ne désobéit par principe, ou par réaction. On désobéit pour atteindre un objectif concret et durable : il s'agit de la reconnaissance du statut d'objecteur de conscience vaccinal, reconnu par le Conseil de l'Europe dans son arrêt Wavrinka d'avril 2021.

Selon cet arrêt, tout citoyen européen peut revendiquer une objection de conscience pour justifier son refus d'être vacciné. Ce statut lui garantit une limitation dans les discriminations dont il fait l'objet.

Il me semble légitime que, à l'horizon de l'instauration d'une vaccination obligatoire, nous objections massivement conscience contre cette vaccination qui, en principe, ne peut être imposée et doit respecter le principe du consentement libre et éclairé de chacun.

Je ne vais pas reprendre ici tout l'argumentaire qui justifie de façon raisonnable le refus de recevoir des injections de produits sur lesquels nous manquons tous de recul : ils sont suffisamment connus par ailleurs. Je voudrais simplement souligner que nous ne manquons pas d'argument pour que nos États ne finissent par reconnaître le bon sens d'une objection de conscience vaccinale.

Simplement, celle-ci ne coule pas de source, car elle ne pourra être reconnue qu'au terme d'une bataille semblable à celle que les objecteurs de conscience militaire ont menée. Autrement dit, elle procède de la désobéissance civile, et elle supposera de nombreux efforts dont il faut avoir conscience avant de se déclarer objecteur de conscience.

Je le sais, ramollis par des années de spectacle télévisuel à haute dose, beaucoup ont eu l'illusion qu'ils n'auraient pas à se battre pour que leurs droits soient reconnus. Ils ont pensé qu'il suffisait de signer une attestation d'objection de conscience pour être protégé.

Que l'Histoire serait simple si elle se résumait à ces affrontements de bisounours, à coup de formulaires et de déclarations.

Malheureusement, le tragique de l'Histoire est un peu plus tenace, et la reconnaissance de l'objection de conscience vaccinale suppose un combat long et dense qui découragera sans doute un certain nombre d'esprits habitués au confort du monde vertical, où tout est servi sur un plateau pourvu qu'il nourrisse les intérêts de la caste. Sans surprise, d'ailleurs, de prétendus opposants tout entiers inféodés au pouvoir quoiqu'ils s'en défendent, sont tombés à bras raccourci sur cette pauvre objection de conscience vaccinale, en la présentant comme une monstruosité. Ceux-là ne pouvaient signer de meilleurs aveux sur leur appartenance réelle à la cinquième colonne.

En attendant, je souhaite marteler que nous ne pourrons combattre l'obligation vaccinale sans une vaste désobéissance civile, et cette désobéissance civile a un nom : c'est l'objection de conscience vaccinale, qui suppose un travail collectif intense et organisé.

Partout, il faut que des groupes d'objection se constituent pour demander, chaque fois qu'ils le peuvent, la reconnaissance de leur statut : dans les hôpitaux, dans les bibliothèques municipales, dans les clubs de sport, dans les restaurants, et partout ailleurs. Avec la ténacité du castor qui construit son barrage, il faut, en groupe si possible, consigner le fait que les autorités discriminent les non-vaccinés et intenter des actions en justice pour contester cette discrimination, jusqu'à ce que des jurisprudences favorables surviennent, pour reconnaître peu à peu l'existence de ce statut.

Comme disent les spécialistes du droit, l'objection de conscience vaccinale ne peut être qu'une création prétorienne, c'est-à-dire des juges, qui s'imposera ensuite dans la loi. Elle suppose un effort intense et de longue haleine.

Je n'ai aucun doute sur le fait que cette objection sera reconnue, et même qu'elle le sera assez rapidement pour peu qu'une large mobilisation intervienne. L'association *Rester libre !* propose à cette fin des fiches techniques et des dispositifs de protection pour faciliter les actions militantes.

On le voit, la désobéissance civile qui est proposée n'est pas l'anarchie. Elle est une action collective concertée, conforme au droit européen dont la France est signataire, et fondée sur des solides arguments rationnels. C'est en elle que l'intelligence spontanée des sociétés trouve l'une de ses plus belles réalisations.

La question particulière de la sédition

Je ne traiterai que très bien la question de la sédition, qui est le quatrième état de la sécession face à la loi, mais qui me semble prématuré au vu de l'état réel des sociétés occidentales au moment où j'écris ces lignes.

La sédition se justifie lorsque l'État viole brutalement les droits naturels. Par exemple, s'il était décidé « d'isoler », c'est-à-dire d'emprisonner d'une façon ou d'une autre les non-vaccinés, ou s'il était décidé de les affamer comme le proposent certains médecins membres de l'Institut Santé de Frédéric Bizard, nous aurions à nous révolter contre le gouvernement pour sauver nos vies.

Ce droit à la sédition fait partie du corpus de nos droits naturels. De toute éternité, en effet, les individus ont été légitimes à se révolter contre un gouvernement qui mettait leur vie en danger par l'usage injuste des lois et de la force.

Là encore, une sédition politiquement raisonnée (ce qui la distingue de la jacquerie, qui est éruptive) a besoin de réseaux fiables.

Je ne puis qu'inviter tous ceux qui désapprouvent farouchement les excès de nos régimes actuels à tisser dès maintenant des relations de confiance et des partages de compétences pour être prêts, de la même manière que les Américains s'arment pour résister un jour à la tyrannie.

Redisons-le, la sécession est un sport de combat collectif. Il suppose un entraînement régulier et une préparation rigoureuse si l'on veut atteindre un haut niveau.

Confiance et engagement sont les deux mamelles de la sécession

Je parle de sécession depuis plusieurs mois, et je m'aperçois qu'un seul type de comportement permettra de la réussir, celui qui allie la confiance et l'engagement.

L'engagement est la valeur la plus rare, me semble-t-il, mais aussi la plus simple à acquérir. Combien, en plusieurs mois de résistance, n'ai-je vu de donneurs de leçons m'expliquer ce que je devais faire, dire, améliorer, et ne me prêter jamais aucun concours pour y parvenir. Je pourrais ici rédiger une anthologie des mauvaises raisons que j'ai entendues pour justifier l'abstention. Je pense ici à un père chômeur qui me demandait de m'engager pour que ses adolescents puissent continuer à faire du football. Et quand je lui expliquais que je ne pouvais être partout et que j'avais besoin de son aide, il m'expliquait qu'il était trop occupé. En réalité, son occupation principale consistait à regarder la télévision, à fumer des cigares et à observer son nombril.

Je pense aussi à un couple de chefs d'entreprise qui trouvait toujours que je ne produisais pas assez de vidéos, de contenus, d'articles... et qui m'opposait une phrase rituelle quand je leur demandais de l'aide : on ne veut pas prendre de risque, on veut passer inaperçu.

Cette abstention est le véritable cancer de la sécession, car il prive l'organisation spontanée de la société des bonnes volontés dont elle a besoin.

Une autre valeur est plus répandue et pourtant plus compliquée à construire de mon point de vue : la confiance.

La confiance, c'est la sécurité que l'on ressent dans ses échanges avec les autres.

Elle est essentielle pour réussir la sécession, car, comme je l'ai beaucoup répété, la sécession est une démarche collective. Il faut donc créer des cellules, des équipes, des relais entre gens qui ne se trahissent pas.

Je ne puis que mettre en garde les militants sur ce point. Beaucoup viennent à l'action avec de la bonne volonté, et souvent de la naïveté. Mais il faut apprendre à se méfier de ceux que l'on croit des amis. Les services de police sont, en France, experts pour noyauter les collectifs et les groupes dissidents. Ils utilisent deux types de personnalité : les « trolls » qui font capoter les réunions et les actions collectives en prenant la parole de façon intempestive pour démoraliser ou bloquer les groupes, et les « experts » qui colonisent les fonctions où ils ont accès aux fichiers d'adhérents. Si, lors de vos premières réunions, vous avez le sentiment que certains sont là pour ramer en sens contraire ou avoir accès aux informations sensibles, vous avez déjà un bon indice de l'intrusion de la police dans votre groupe.

Je sais que tout le monde n'est pas rodé à cet exercice. Je vous conseille donc de pécher par excès de méfiance plus que par excès de confiance.

Si vous réussissez à rassembler des gens engagés et de confiance, vous serez les agents actifs de la sécession, et rien ne pourra vous arrêter. Vous compterez parmi les plus beaux héros du combat pour la reconquête de nos libertés.